漢文とっておきの話

諏訪原研

大修館書店

まえがき

長年、予備校で漢文の入試問題を扱っていると、これは面白いと思わせる文章に出くわすことがよくある。そういう文章は、おそらく出題者にとって、研究途上で出くわした取って置きの漢文であるにちがいない。

そこで、そういう様々な漢文を読む機会に恵まれている予備校講師という職分を生かして、大学入試問題の漢文の中から、これぞと思う、私にとって取って置きの漢文をいくつか集めて、漢文に興味のある読者に提供することにした。

実は、こういう試みはすでに十数年前に、『ちょっと気の利いた漢文こばなし集』（大修館書店）というタイトルで世に問うたことがあり、これはそれ以降の文章を集めた続編ということになる。今回は、文章の内容をテーマ別に分類し、まとまりのあるものにした。

取り上げた漢文は、いずれも近年の大学入試に出題されたものばかりであるが、前回同様、設問はすべて取り払い、書き下し文と口語訳、それに私の簡単な説明を付け加えた。大学受験で漢文が必要な受験生にはもちろんのこと、漢文をもう一度読んでみたいとお考えの一般の方にも、十分興味の持てる内容ではないかとひそかに自負している。

また、学習の場から永く離れて漢文訓読の方法を忘れてしまったとか、あるいは漢文を読むのは初めてだとかいう方のために、巻末に「訓読のきまり」を付した。

なお、入試問題の作成者による明らかな読み違い（漢字の読みや送り仮名など）については、私のほうで適宜訂正しておいた。採用した文章の出題校については、巻末に一覧表を掲げているが、出題校が複数あるときは、最近の出題校だけを記してある。

最後に、一年以上に渡って、本書の編集にご尽力下さった大修館書店の向井みちよ様には大変お世話になりました。この場を借りて厚く御礼申し上げます。

二〇一二年　正月

諏訪原　研

― 目次 ―

頓知の利いた話

象の重さを量るには？

西暦三世紀ごろの中国は、魏・呉・蜀の三国が鼎立して、天下の覇権を争っていた時代で、その頃の出来事を記録した『三国志』や、その正史をもとにして書かれた小説『三国志演義』は、実際に読んだことがなくても、ある程度その内容を知っている人も多いだろう。この『三国志』は、『魏書』・『呉書』・『蜀書』の三つの歴史書を合わせた呼称で、なかでも『魏書』は、わが国の邪馬台国の女王卑弥呼のことを記した「倭人伝」があることで有名である。その『魏書』中の「武文世王公伝」に、次のような頓知話がある。ここでは、唐の李瀚《りかん》が子ども向けの読み物として編集した『蒙求《もうぎゅう》』から引用しよう。

鄧哀王沖字ハ倉舒、武帝ノ子ナリ。少《わか》クシテ聡察岐《き》嶷《ぎょく》、五

六歳《ニシテ》有《リ》下若《キ》二成人《ノ》一之智上。時《ニ》孫權曾《テ》致《ス》二巨象《ヲ》一。太祖欲《シ》レ知《ラント》二其《ノ》斤重《ヲ》一、訪《フモ》二之《ヲ》群下《ニ》一、莫《シ》三能《ク》出《ダス》二其《ノ》理《ヲ》一。沖曰《ハク》、「置《キテ》二象《ヲ》大船之上《ニ》一、而刻《シ》二其《ノ》水痕《ノ》所《ニ》一レ至《ル》、称《リテ》レ物《ヲ》以《テ》載《スレバ》レ之《ニ》、則《チ》校《シテ》其《レ》可《シト》レ知《ル》矣。」太祖大《イニ》悦《ビ》、即《チ》施行《ス》焉。

（李瀚『蒙求』）

鄧哀王沖《とうあいおうちゅう》字《あざな》は倉舒《そうじょ》、武帝《ぶてい》の子《こ》なり。少《わか》くして聡察岐嶷《そうさつきぎょく》、五六歳《ごろくさい》にして成人《せいじん》のごときの智《ち》有《あ》り。時《とき》に孫権《そんけん》曾《かつ》て巨象《きょぞう》を致《いた》す。太祖《たいそ》其《そ》の斤重《きんじゅう》を知《し》らんと欲《ほっ》し、之《これ》を群下《ぐんか》に訪《と》ふも、能《よ》く其《そ》の理《り》を出《い》だす莫《な》し。沖曰《ちゅういわ》く、「象《ぞう》を大船《たいせん》の上《うえ》に置《お》きて、其《そ》の水痕《すいこん》の至《いた》る所《ところ》に刻《こく》し、物《もの》を称《はか》りて以《もっ》て之《これ》に載《の》すれば、則《すなわ》ち校《こう》して其《そ》れ知《し》るべし」と。太祖《たいそ》大《おお》いに悦《よろこ》び、即《すなわ》ち施行《しこう》す。

○鄧哀王…鄧は領国の名。哀王は諡《おくりな》。○武帝・太祖…いずれも魏の曹操のこと。○岐嶷…才知に秀でていること。○斤重…重さ。

鄧哀王の曹沖は字を倉舒といい、武帝（曹操）の子である。幼い頃から聡明で才知に秀でていて、五、六歳ですでに大人のような知恵があった。

その頃、呉の孫権が大きな象を贈ってきたことがあった。太祖（曹操）はその大きな象がどのくらい重いのか知りたいと思い、臣下たちに尋ねるけれども、だれもその重さをはかる方法を考えつくものがいなかった。すると幼い沖が答えた、

「まず、象を大きな船に乗せ、沈んだ分の水面の痕跡（吃水線《きっすい》）に印を刻みつけます。象を下ろした後、今度は前もって重さのわかっているものをどんどん船に載せていきます。印をつけておいた吃水線まで船が沈んだとき、積み込んだものの重さを総計すると、象の重さがわかるはずです」と。

太祖は沖のアイデアをたいそう喜び、さっそく実行に移した。

曹沖の提案したこの計測法は、浮力の存在を証明したアルキメデスの原理を彷彿とさせ

る。アルキメデス（前二八七～前二一二）は古代ギリシアの科学者で、

「液体中の物体は、その物体がおしのけた液体の重さ（重力）と同じ大きさの浮力を受ける」

という法則を発見したことで有名である。

象を船に乗せた場合で考えると、象の重さで船が沈んだ（海水が押し退けられた）分だけ浮力が働いたことになり、象の重さはその押し退けられた海水の量（つまり浮力）と等しいことになる。だから、あらかじめ重さのわかっている荷物を積み込んでいき、船の海水面が象を乗せたときの目盛に届いた時の荷物の総重量を求めれば、それが象の受ける浮力であり、重量ということになる。

アルキメデスの原理にも匹敵する、このようなすばらしい計測法を思いついた曹沖は、当時まだ五、六歳だったというから、その利発ぶりには驚いてしまう。ところが、実は『雑宝蔵経《ぞうほうぞうきょう》』という古代インドの仏教説話集に、「象の重さを量るにはどうしたらよいか」という謎解きの話があり、曹沖はその話を聞いて知っていたのではないかと思われる。

その『雑宝蔵経』の中の謎解きの話は他にもいくつかあって、それらはわが国にも伝わり、『今昔物語集』や『打聞集《うちぎきしゅう》』といった仏教説話集に収められている。また、清少納言の随筆『枕草子』にも引用されているので、昔は頓知話としてかなり広く流布していたようだ。わが国でこういう事情なのだから、仏教の経由地である中国でも、当然これらの寓話はよく知られていたのではないかと推測できる。そうすると、曹沖のさきほどの話も、仏教説話の影響を受けていることは間違いなさそうだ。

『魏書』武文世王公伝には、曹沖の聡明さを示すものとして、次のような話も見える。

太《たい》祖《そ》ノ馬《ば》鞍《あん》在リテレ庫ニ、而為ルニ鼠《ねずみ》ノ所トレ齧《かじ》ル。庫吏懼《おそ》レニ必ズ死センコトヲ一、
議シテ欲スルモニ面縛シ首《まう》サントレ罪ヲ、猶ホ懼ルレ不ルヲレ免レ。沖謂ヒテ曰ハク「待チニ三日ノ中ヲ一、
然ル後自ラ帰セヨト。」

太祖《たいそ》の馬鞍庫《ばあんくら》に在《あ》りて、鼠《ねずみ》の齧《かじ》る所《ところ》と為《な》る。庫吏《こり》必《かなら》ず死《し》せんことを懼《おそ》れ、議《ぎ》

して面縛《めんばく》し罪《つみ》を首《もう》さんと欲《ほっ》するも、猶《な》ほ免《まぬか》れざるを懼《おそ》る。沖謂《ちゅうい》ひて曰《い》はく、「三日《さんじつ》の中《うち》を待《ま》ち、然《しか》る後《のち》自《みずか》ら帰《き》せよ」と。

○面縛…両手を後ろ手に縛り、顔を前に向けること。罪に服する気持ちをあらわす。

太祖（曹操）の馬の鞍が倉庫に保管してあったが、鼠に齧られてしまった。倉庫の番人は必ず死刑に処せられるだろうと心配して、あれこれ思案したあげく、両手を後ろ手に縛って自首しようと思ったが、それでもやはり死刑を免れないだろうと恐れていた。それを知った沖は、倉庫番をなぐさめて言った、
「三日間待って、その後で自首しなさい」と。

こうして、沖は三日間という期限を設けて、倉庫番を助けるべく画策するのであるが、さて、どんな秘策があったのだろうか、次を読んでみよう。

沖於イテレ是ニ以テレ刀ヲ穿《うが》チ二単衣ヲ一、如クシ二鼠ノ齧ル者ノ一、謬《いつは》リテ為シ二失意ヲ一、貌《かほ》ニ有リ二愁色一。太祖問フニレ之レヲ、沖対ヘテ曰ハク、「世俗以テ為ス二鼠ノ齧ルレ衣ヲ者ハ、其ノ主不吉ナリト一。今単衣見ルレ齧ラ、是ヲ以テ憂戚スト。」太祖対ヘテ曰ハク、「此レ妄言ナル耳。無キレ所レ苦シム也ト。」

沖是《ちゅうこ》に於《お》いて刀《かたな》を以《もっ》て単衣《たんい》を穿《うが》ち、鼠《ねずみ》の齧《かじ》る者《もの》のごとくし、謬《いつわ》りて失意《しつい》を為《な》し、貌《かお》に愁色《しゅうしょく》有《あ》り。太祖《たいそ》之《こ》れを問《と》ふに、沖対《ちゅうこた》へて曰《い》はく、「世俗《せぞく》以《もっ》て鼠《ねずみ》の衣《い》を齧《かじ》る者《もの》は、其《そ》の主不吉《しゅふきつ》なりと為《な》す。今単衣齧《いまたんいかじ》らる、是《ここ》を以《もっ》て憂戚《ゆうせき》す」と。太祖対《たいそこた》へて曰《い》はく、「此《こ》れ妄言《もうげん》なるのみ。苦《くる》しむ所無《ところな》きなり」と。

○憂戚…恐れ心痛める。

沖はそこで、刀を使って単衣《ひとえ》の衣服に穴を開け、鼠が齧ったもののようにし、わざとがっくり肩を落として、顔には、さも不安気な表情を浮かべていた。

太祖がそのわけを尋ねると、沖が答えて言った、

「世間では、鼠に衣服を齧られると、その衣服の持ち主に何か不吉なことが起こると申しております。今、私の単衣が齧られてしまいました。それで、憂鬱な気分になっているのです」と。

すると太祖は、

「そんなのは迷信だ。なにも心配することはないぞ」

と言って沖をなぐさめた。

沖の思いついた秘策は、鼠にまつわる俗信を利用して、鼠に衣服を齧られた自分を太祖に慰めさせておき、いよいよ太祖の所有物が鼠に齧られたことが発覚した時の免疫力を付けておこうという魂胆だったのである。

さて、三日間という猶予が明けて、約束通り倉庫番が太祖のもとに自首してくる。太祖の反応やいかに。

俄《にはか》ニシテ而庫吏以テレ齧ラルルヲレ鞍《くら》ヲ聞ス。太祖笑ヒテ曰ハク、「児衣ノ在リテスラレ側ニ、尚ホ齧ラル、況ンヤ鞍ノ懸ケタルヲレ柱ニ乎《や》ト。」一モ無シレ所レ問フ。

（『三国志』魏書・武文世王公伝）

俄《にわか》にして庫吏《こり》鞍《くら》を齧《かじ》らるるを以《もっ》て聞《ぶん》す。太祖《たいそ》笑《わら》ひて曰《い》はく、「児衣《じい》の側《かたわら》に在《あ》りてすら、尚《な》ほ齧《かじ》らる、況《いわ》んや鞍《くら》の柱《はしら》に懸《か》けたるをや」と。一《いっ》も問《と》ふ所無《ところな》し。

○聞…申し上げる。

やがて倉庫番が鞍を齧られたことを奏上してきた。すると太祖は笑って言うのだった。「私の子どもは、すぐ近くに置いていた衣服さえ齧られたのだ。まして人気のない倉庫の柱に掛けておいた鞍なら、齧られたとしても何ら不思議ではないぞ」こう言って、いっさい責任を追及しなかった。

当時は軍事も国政も煩雑多事で、勢い、刑罰も厳重であったのだが、ただでさえ冷酷非情と評される曹操を相手に、このように寛容な処置で済むようにさせた沖の才覚たるや、並大抵のものではなかったと言わなければならない。

この倉庫番の事例のように、およそ処刑されるのが当然であるのに、沖がひそかにとりなして救ってやった者は、前後数十人に上ったという。

ここで曹沖（一九六～二〇八）について簡単に触れておこう。

曹操には全部で二十五人の息子がいたが、沖はその八番目である。幼い頃から学問が好きで、聡明な上に人柄も良かったので、将来を嘱望され、曹操も一時は長子の丕《ひ》よりも沖を後継者にと考えていたほどであった。ところが、十三歳の時に重い病気にかかり、そのまま死んでしまった。沖が危篤状態になったとき、いつもは合理的に物事を考える曹操も、全国から祈禱師を呼び集めて命乞いをさせ、自らも天に祈った。その甲斐もなく沖が天に召されると、人目もはばからず涙を流して泣き、その夭折を悲しんだという。

幼くしてあの世にみまかった愛息を哀れんだ曹操は、ちょうど同じ頃に亡くなり、美しいと評判だった甄《けん》家の少女の遺体をもらい受け、二人を結婚させた後、一緒に葬ってやったという。吉川幸次郎氏は『三国志実録』の中で、結婚式と葬式を同時に行う、いわゆる「冥婚」の最も早い例の一つとして、この曹沖の事例に言及している。

馬の母子の見分け方

漢文に登場する主人公は、だいたい男性と相場が決まっているが、次に紹介する話は、か弱い一女性が、その母性愛からくる洞察力によって難問を見事に解き明かし、自国の窮地を救ったという頓知話である。

特《とく》叉《しや》尸《し》利《り》・舎衛ノ二国ハ、共ニ相ヒ嫌《けん》隙《げき》シ、常ニ不二和順一セ。時ニ特叉尸利ノ王欲レシ試下サント舎衛ニ有二リヤ聖《せい》智《ち》一不上、《いな》ヤヲ遣二ハシ一使者ヲ一至二ラシメ舎衛国ニ一、送二ル牸《し》馬《ば》二匹ヲ一。

特《とく》叉《しや》尸《し》利《り》・舎《しや》衛《えい》の二国《にこく》は、共《とも》に相《あ》ひ嫌《けん》隙《げき》し、常《つね》に和《わ》順《じゅん》せず。時《とき》に特《とく》叉《しや》尸《し》利《り》の王舎衛《おうしやえい》に聖智《せいち》有《あ》りや不《いな》やを試《ため》さんと欲《ほつ》し、一使者《いちししや》を遣《つか》はし舎衛国《しやえいこく》に至《いた》らしめ、牸馬二匹《しばにひき》を送《おく》る。

○特叉尸利・舎衛…いずれも古代インドにあった国の名。 ○嫌隙…疑い合い、仲が悪い。
○聖智…すぐれた知恵を持つ人。 ○牸馬…めす馬。

特叉尸利と舎衛の二国は、ともに相手の国を疑い、仲が悪く、絶えずいざこざを起こしていた。そんな中、特叉尸利の王が、舎衛にすぐれた知恵を持つ人がいるかどうか試そうと思って、一人の使者を舎衛国に派遣して、二頭の雌馬を贈り物として届けさせた。

古代インドの、反目し合っている二国間で起こった、戦闘ならぬ知恵比べの話である。一方の国が相手国に二頭の牝馬を贈り届けてきた。さて、どんな難題を吹っ掛けてきたのだろうか。

而《シテ》是《ノ》母子、形状毛色、一類《ニシテ》無《シ》レ異《ナル》。能《ク》別識《スル》者、実《まことニ》為《ス》二大善《ト》一。王及《ビ》群臣不レ能《ハ》二分別《スル》一。

而《しか》して是《こ》の母子《ぼし》、形状毛色《けいじょうもうしょく》、一類《いちるい》にして異《こと》なる無《な》し。能《よ》く別識《べっしき》する者《もの》、実《まこと》に大善《たいぜん》と為《な》す。王及《おうおよ》び群臣分別《ぐんしんぶんべつ》する能《あた》はず。

この二頭は親子で、格好や毛の色が全く同じで異なるところがない。特叉戸利の王は、この二頭のうち、どちらが母馬でどちらが子馬か、ちゃんと見分けられる者を、本当に優れた人物とみなそうというわけだ。

届けられた方の舎衛国では、王をはじめ、臣下の誰も二頭を見分けることができなかった。

特叉戸利の王の、「してやったり」とほくそ笑んでいる様が目に見えるようだ。舎衛国としては、このままでは自国に知恵者がいないことになり、面子丸つぶれである。ここで注意して欲しいのは、問題を投げ掛けられた舎衛国の政治をあずかる者たちが、皆男性であったことだ。この問題が解けなかった原因は、実はそこにあったのである。

時《ニ》梨《り》耆《き》彌《び》従《より》レ宮帰《ル》レ家《ニ》。児《ノ》婦問《ヒテ》言《フ》、「有《ルカト》二何《ノ》消息一。」妐《こう》即《チ》答《ヘテ》言《フニ》如《シ》二向《さきニ》所《ノ》レ見《ル》。児《ノ》婦白《シテ》言《フ》、「此《ノ》事易《やすシ》レ知《ルコト》、何《ゾ》足《ラン》レ為《スニ》レ憂《ヒト》。但《ただダ》取《リ》二好《よキ》草《ヲ》一、並《ならベテ》レ頭《ニ》而与《ヘヨ》。其《レ》是《レ》母《ナル》者《ハ》、推《シテ》レ草《ヲ》与《ヘン》レ之《レニ》。其《レ》是《レ》子《ナル》者《ハ》、抴《えい》搏《はくシ》食《ラハント》レ之《レヲ》。」

時《とき》に梨《り》耆《き》彌《び》宮《みや》より家《いえ》に帰《かえ》る。児《こ》の婦《ふ》問《と》ひて言《い》ふ、「何《なん》の消息《しょうそく》有《あ》るか」と。妐《こう》即《すなわ》ち答《こた》へて言《い》ふに向《さき》に見《み》る所《ところ》のごとし。児《こ》の婦《ふ》白《もう》して言《い》ふ、「此《こ》の事《こと》知《し》ること易《やす》し、何《なん》ぞ憂《うれ》ひと為《な》すに足《た》らん。但《ただ》好《よ》き草《くさ》を取《と》り、頭《あたま》に並《なら》べて与《あた》へよ。其《そ》れ是《こ》れ母《はは》なる者《もの》は、草《くさ》を推《お》して之《こ》れに与《あた》へん。其《そ》れ是《こ》れ子《こ》なる者《もの》は、抴搏《えいはく》し之《こ》れを食《く》らはん」と。

○梨耆彌…舎衛国の大臣の名。　○有何消息…どうなすったのですか。　○舅…舅《しゅうと》。　○扯摶…引っ張って取る。

そんな折、大臣の梨耆彌は、宮中から下がって家に帰った。息子の嫁が出迎えて、尋ねて言った、

「ご様子がすぐれませんが、どうなさったのですか」と。

舅の梨耆彌は、そこで、さきほど宮中であったことを嫁に話してやった。すると、息子の嫁が申し上げて言った、

「それは簡単に見分けがつきます。どうしてご心配なさることがありましょうか。ただ、おいしそうな草を取ってきて、二頭の前に並べて置くだけのことです。母馬の方は草を推しやって子馬に与えるでしょう。子馬の方は、推しやられた草を引っ張って、取って食べるでしょう」と。

宮中の地位の高い男たちが、いくら鳩首協議しても思いつかなかった方策を、まだ人生経験もさほどないであろう息子の嫁が、そんなことはたやすいことばかり、いとも簡単に教示したのである。

舅が喜んだのは言うまでもない。嫁から教えてもらった方策を胸に、さっそく宮中に参内した。

時梨耆彌尋往《ゆキ》白王。王如其語、以草試之、果如其策、母子区別。即語《つグ》使者「斯《こレハ》是馬母、彼《かレハ》是其駒《こま》」。時使答言「審《まことニ》如来語。無有差錯」。王大歓喜、倍加爵賞。

（『賢愚経』第二十三）

時《とき》に梨耆彌《りきび》尋《たず》ね往《ゆ》き王《おう》に白《もう》す。王其《おうそ》の語《ご》のごとく、草《くさ》を以《もつ》て之《こ》れを試《ため》すに、果《はた》して其《そ》の策《さく》のごとく、母子区別《ぼしくべつ》せらる。即《すなわ》ち使者《ししゃ》に語《つ》ぐ、「斯《こ》れは是《こ》れ馬《うま》の母《はは》なり、彼《か》れは是《こ》れ其《そ》の駒《こま》なり」と。時《とき》に使答《つかいこた》へて言《い》ふ、「審《まこと》に来語《らいご》のごとし。差錯有《ささくあ》る無《な》し」と。王大《おうおお》いに歓喜《かんき》し、倍《ばい》にして爵賞《しやくしよう》を加《くわ》ふ。

○来語…報告書で言ってきた言葉。

そこで、梨耆彌は王に拝謁を願い出て、馬の見分け方を申し上げた。王が梨耆彌の進言にしたがって、草をやって試してみると、本当にその方策通り、母子の違いを見分けることができた。すぐに特叉尸利からの使者に結果を告げてやった。

「こちらの方が母馬で、あちらがその子馬です」

すると、使者は答えて言った。

「まったく仰せの通りです。まちがいありません」

王は面目を保つことができて大いに喜び、梨耆彌の官位と褒賞を規定より倍にして与えた。

この話の眼目は、宮中の男たちに解けなかった難問を、一介の女性がいとも簡単に解いてしまったところにある。この嫁は、子を育てた(育てつつある)自分の体験から、動物の別を問わず、母親というものが食べ物を前にしたとき、どういう行動に出るかがわかったのである。

子を持つ女性ならではの卓見で、こういうところは、男性がいくら知恵を絞って頑張ってみても、到底及びもつかない点である。そこには男性の限界が垣間見えるとともに、もっと大きなことで言えば、政治には女性の視点も必要であることを示唆するような話である。

出典の『賢愚経』という本は仏典の一種であるが、インドから伝えられた正式な仏典ではなく、中国の八人の僧が仏教の教えを求めて西域を旅したとき、たまたまホータン(現在の新彊《しんきょう》ウイグル自治区南西部)で催されていた大法会に行きあい、そこで各人が聴聞した話を結集したものである。

実は、この話の原型は、前章で紹介した『雑宝蔵経』という仏典の中にあり、ホータンの大法会の際に多少変形されたようだ。原型をとどめた話は、わが国の『今昔物語集』に、さきの「象の重さを量る」寓話とともに翻訳されて収められており、いまの『賢愚経』の話と比較して読むと、違いがわかって面白い。

そのオリジナルの話は次のようなものである。

天竺（インド）の或る国では、七十歳を超えた老人は、皆他国へ追いやることになっていた。つまり棄老（姥《うば》捨て）を国是としていたのである。

その国に親孝行の大臣がいて、彼の母もやがて七十歳を超えてしまった。大臣として国の方針に背くことはできない。かといって老母をこのまま他国へ追いやるのも忍びない。あれこれ悩んだ末に、家の敷地の一角に穴蔵を掘り、そこに匿《かくま》い、養うことにした。その穴蔵のことは、他人にはもちろん、家の者にも内緒にしていた。

数年後、隣国から、見た目がそっくりの二頭の親子の牝馬が贈られてきた。どちらが母馬でどちらが子馬か判別せよ、もし出来なければ戦を起こして七日以内に滅ぼす、と恫喝してきたのである。

難題を突き付けられた国王は、例の大臣に相談した。しかし、大臣にも皆目見当がつかない。でも、ひょっとしたら隠匿している母親が、人生経験も豊富なので、見分け方を知っているかもしれないと思い、早々に宮殿を辞し、そのまま母のいる穴蔵に直行して母に意見を求めた。

すると母は、若い頃聞いた話だといって、二頭の間に草を置くと、すぐに進んで食べるのは子馬で、ゆったり落ち着いて食べる方が母馬である、と教えてくれた。

大臣はただちに参内して、さも自分が考えついた妙案であるかのように、母の話した方法を王さまに申し上げた。王さまは「さもありなん」と思い、さっそくその方法を試したところ、案の定、子馬はがつがつ草を食み、母馬はその食べ残しを悠長に食むのであった。

そこで、親子の別を記した木札をそれぞれの馬の首にくくりつけ、隣国に送り返し、事なきを得た。

『今昔物語集』では、この話に続いて、隣国が立て続けに難題を仕掛けてきたことが書かれている。ところが、難問を出してもすぐに答えが返ってくるので、相手国には相当の知恵者がいると思いこみ、武力に訴える強硬策を引っ込めて、善隣外交に転じ、その結果、両国の間に平和が訪れた。

喜んだ王さまは、手柄のあった大臣に褒美を取らせるのだが、答えの出所が、本当は大臣の匿っている老母であることを大臣から聞かされ、経験豊富な老人を国外に追放してきた今までの政策を反省し、他国に存命中の老人を呼び戻し、棄老策を止めて、養老を国是とする国に生まれ変わったという。

『今昔物語集』から長々と引用したが、先の『賢愚経』に見える話と較べると、馬の母子の見分け方を知っている知恵者が、『賢愚経』では大臣の息子の嫁、『今昔物語集』では大臣の老母というように、人物の違いこそあれ、いずれも国の政治に無縁の女性という点では同じである。

とりわけ『今昔物語集』では、国にとって無用の者（むしろ邪魔者）とみなされていた老婆が、皮肉にも国の危機を救い、平和の実現に大きく貢献したわけで、読み様によって、この説話から多くのことを学びとることができるように思う。

太陽までの距離

毎日昇ってくる太陽のことを、私たちはどれくらい知っているだろうか。今では観測技術の進歩によって、かなり詳しいことがわかっている。ここで、ごく簡単に太陽のことをおさらいしておこう。

まず、太陽の年齢は約四六億年で、宇宙の年齢が約一三七億年だから、太陽は宇宙が誕生してから、約九〇億年後に生まれたことになる。この先、約六三億年後には、燃料である水素が消費し尽くされ、その後、赤色巨星、変光星、白色矮星と姿を変えて行き、約一二三億年後には、星としての一生を終えることになる。

太陽の大きさは、直径が約一三九万キロメートルで、これは地球の直径の約一〇九倍に相当する。中心の温度は約一六〇〇万度、表面は六〇〇〇度と、まさに想像を絶する熱さである。

地球から太陽までの距離は、約一億五〇〇〇万キロメートル（これを一天文単位という）で、一秒間に地球を約七回半まわるスピード（秒速約三〇万キロメートル）の光でも、太陽に届くまで約八分二〇秒かかる。もし太陽がいま突然消えたとしても、八分二〇秒の間は、そのことにまったく気づかないことになる。

さて、その太陽にまつわる頓知話を紹介しよう。『列子』湯問編に次のような寓話がある。

孔子東《ニ》游《あそビテ》、見《テ》㆓両《ふたりノ》小児《ノ》弁闘《スルヲ》㆒、問《フ》㆓其《ノ》故《ヲ》㆒。一児曰《ハク》、「我以《おもヘラク》、日《ノ》始《メテ》出《ヅル》時去《ルコト》㆑人《ヲ》近《クシテ》、而日《ノ》中《スル》時遠《シト》也。」一児、「以《ヘラク》日《ノ》初《メテ》出《ヅルヤ》遠《クシテ》、而日《ノ》中《スル》時近《シト》也。」

孔《こう》子《し》東《ひがし》に游《あそ》びて、両《ふたり》の小児《しょうじ》の弁闘《べんとう》するを見《み》て、其《そ》の故《ゆえ》を問《と》ふ。一児《いちじ》曰《い》はく、「我《われ》以《おも》へらく日《ひ》の始《はじ》めて出《い》づる時人《ときひと》を去《さ》ること近《ちか》くして、日《ひ》の中《ちゅう》する時遠《ときとお》し」と。一児《いちじ》、「以《おも》へらく日《ひ》の初《はじ》めて出《い》づるや遠《とお》くして、日《ひ》の中《ちゅう》する時近《ときちか》し」と。

孔子が東方へ旅をしたとき、二人の子供が言い争いをしているのに出くわした。そのわけを尋ねると、一方の子供が答えた、

「ぼくは、お日様が出たばかりのときは人から近くて、お日様が真南に来るお昼どきは遠くにある、と言ったんだ」と。

すると、もう一方の子供が言った、

「ぼくはその反対で、お日様が出たばかりのときは人から遠くて、お昼どきは近くにあると思う、と言ったんだよ」と。

二人の子供は、お日様までの距離のことで口論していたのである。一方は、お昼よりも朝のほうが、太陽までの距離が近いと言い、もう一方は、その逆だと言い張るのだが、では、どうしてそう考えるに至ったのだろうか。


　一児曰、「日初出大如車《しゃ》蓋《がい》、及日中則如盤《ばん》盂《う》。此不為遠者小而近者大乎。」

一児《いちじ》曰《い》はく、「日《ひ》の初《はじ》めて出《い》づるや大《おお》きさ車蓋《しゃがい》のごとし、日《ひ》の中《ちゅう》するに及《およ》びては則《すなわ》ち盤盂《ばんう》のごとし。此《こ》れ遠《とお》き者《ものち》小《い》さくして近《ちか》き者《ものおお》大きなるが為《ため》ならずや」と。

○車蓋…車の上に立てる大きな傘。　○盤盂…鉢や椀。

はじめに答えた子供が言った、

「お日様が、朝方出て来たときは、車の上に立てる大きな傘ぐらいの大きさに見えるけど、真南に来たお昼どきは、鉢や椀ぐらいの大きさにしか見えないよ。これは、遠くにあるものは小さく見え、近くにあるものは大きく見えるからなのじゃないかな」と。

つまり、この子供は、太陽はお昼どきよりも朝方のほうが大きく見えるので、朝方の太陽のほうが、それだけ我々に近いはずだ、と考えたのである。この子供の場合、視覚的なものを根拠にして、太陽の遠さを判断したことになる。

では、もう一方の子供は、どう考えたのだろうか。

一児曰《ハク》、「日《ノ》初《メテ》出《ヅルヤ》滄《さう》滄《さう》涼《りやう》涼《りやう》《タリ》。及《ブヤ》二其《ノ》日《ノ》中一《スルニ》如《シ》レ探《ルガ》レ湯《ヲ》。此《レ》不レ為《ナラ》二近《キ》者熱《クシテ》而遠《キ》者涼一《シキガ》乎《ト》。」

一児曰《いちじい》はく、「日《ひ》の初《はじ》めて出《い》づるや滄滄涼涼《そうそうりょうりょう》たり。其《そ》の日《ひ》の中《ちゅう》するに及《およ》ぶや湯《ゆ》を探《さぐ》るがごとし。此《こ》れ近《ちか》き者熱《ものあつ》くして遠《とお》き者涼《ものすず》しきが為《ため》ならずや」と。

○滄滄涼涼…ひんやりと涼しいこと。

もう一方の子供が言った、

「お日様が出始めたときは、ひんやりと涼しいけど、お日様が真南に来る頃になると、お湯の中に手を入れたときのように熱いよ。これは、近くにあるものは熱くて、遠くにあるものはひんやりしているからじゃないのかな」と。

こちらの子供は、太陽からの光は朝よりもお昼どきのほうが熱いので、お昼どきの太陽のほうが我々に近いはずだ、と考えたのである。この子供の場合、太陽の照らす温度の違いから、太陽の遠近を判断したわけだ。

さて、二人の言い分を聞いた孔子は、どちらに軍配を挙げたのだろうか。

孔子不レ能ハレ決スル也。両ノ小児笑ヒテ曰ハク「孰《たれ》カ為ス二汝ヲ多シトレ知乎。」ト

（『列子』湯問）

孔子《こうし》決《けつ》する能《あた》はず。両《ふたり》の小児《しょうじ》笑《わら》ひて曰《い》はく、「孰《たれ》か汝《なんじ》を知多《ちおお》しと為《な》すや」と。

孔子は、どちらの子供の言い分が正しいのか、決めることが出来なかった。すると、二人の子供はあざ笑って言った、

「だれが、あんたのことを、知識が豊富だなんて言ったんだい？」と。

さすがの孔子さまも、太陽のことまでは分かりかね、答えに窮していると、子供たちに

すっかりバカにされてしまった、というお話である。

中国では、文化大革命の一時期を除いて、孔子は常に聖人として崇拝の対象であった。だから、寓話とは言え、このように孔子を笑い者にしている話などは、たいへん珍しい。ただ、アンチ儒家をモットーとする道家系統の思想家は、孔子の考え方や、それを盲目的に信じる人々の態度を、皮肉を込めて批判することが多い。この話の出典である『列子』が、道家の流れを汲む書であることを考えれば、この話の落ちにも納得がいこう。

さて、本文で話題になっている太陽の見た目の大きさは、朝と真昼とでは本当に違うのだろうか。実は、科学的な測定の結果から言えばまったく同じであるという。しかしながら、やはり我々の実感としては、天頂にある太陽より、朝日や夕日の方が大きく見えてしかたがない。

なにしろ、あの古代ギリシアの大哲学者アリストテレスでさえ、朝日や夕日が真昼の太陽より大きく見えるのは、空気中の水蒸気によって光が屈折するからだという、いわゆる「光の屈折説」を持ち出して、いかにも科学的に「大きく見える」ことを証明しようとしたぐらいだ。

真昼の太陽と朝夕の太陽の大きさは違うと信じている人々を納得させるべく登場してき

たのが、心理錯誤説である。つまり、大きさが違って見えるのは、心理的要因による目の錯覚である、というのである。

すでに古代ローマ時代に、エジプトのアレクサンドリアで活躍した天文学者プトレマイオスが、「朝日や夕日が大きく見えるのは、その近くに山とか建物とかいった、大きさを比較できる物体があるからだ」という心理錯誤説を唱えたと言われているが、それ以降、現代に至るまで、さまざまの心理錯誤説が唱えられている。そのいくつかを挙げてみよう。

①天頂にある太陽はまぶしいので、どうしても目をしかめて見ることになるが、そうすると、視界が狭くなり、一点集中的になるため、小さく見える。

②朝日や夕日の赤い色合いが、形を大きく見せる。

③空を球体ではなく、大きな屋根みたいなものと感覚的にとらえる結果、天頂にある太陽は近く、地平線・水平線上にある太陽は遠い、という錯覚が生じる。

←

同じ大きさでも、遠くにあるものは脳がその距離を考慮して大きく見ようとするため、地平線・水平線上にある太陽の方が大きく見えてしまう。

これらは代表的な錯誤説だが、この太陽の遠近問題については、昔から多くの人が論じ、様々の方面からアプローチしてきた。それでもなかなかこれといった定説はまだない。孔子が子供たちから訊かれて答えられなかったのも、さもありなんとうなずけるのである。ともあれ、毎日お目にかかる太陽に対して、われわれ人間の関心は尽きないようで、太陽にまつわる別の頓知話をもう一つ紹介しよう。

さきほどの『列子』の話の舞台となった春秋・戦国時代からずっと下って、五～六世紀の中国は、王朝が南と北に分立した、いわゆる南北朝時代を迎えていた。その南朝の宋の劉義慶は、後漢から東晋までの人物の逸話を『世説新語《せせつしんご》』という本にまとめたが、その中に、太陽までの遠さを話題にした次のような話がある。

晋ノ明帝数歳ニシテ、坐セシトキ二元帝ノ膝上一ニ、有レリ人従より二長安一来きたル。

元帝問《ヒテ》二洛下《ノ》消息《ヲ》一、潸《さん》然《トシテ》流《ス》レ涕《なみだヲ》。明帝問《フ》、「何《ヲ》以《テ》致《セルト》レ泣《クヲ》。」具《つぶさニ》以《テ》二東渡《ノ》意《ヲ》一告《グ》レ之《ニ》。

晋《しん》の明帝数歳《めいていすうさい》にして、元帝《げんてい》の膝上《しつじょう》に坐《ざ》せしとき、人有《ひとあ》り長安《ちょうあん》より来《きた》る。元《げん》帝洛下《ていらくか》の消息《しょうそく》を問《と》ひて、潸然《さんぜん》として涕《なみだ》を流《なが》す。明帝問《めいていと》ふ、「何《なに》を以《もつ》て泣《な》くを致《いた》せる」と。具《つぶさ》に東渡《とうと》の意《い》を以《もつ》て之《これ》に告《つ》ぐ。

○潸然…涙のこぼれ落ちるさま。

晋の二代皇帝・明帝（司馬紹）が五、六歳の頃、父上の元帝（司馬睿《えい》）の膝の上に座っていると、遠く長安から客人がやって来た。元帝は、途中の洛陽の様子を尋ね聞き、はらはらと涙をこぼした。明帝が、

「どうして泣いているのですか」

と尋ねると、元帝は、都落ちして東南の地（江南）に渡って来たときの経緯を、くわ

しく話してやった。

ここで、少し時代背景に触れておこう。晋は、三国時代の魏の曹操に仕えていた司馬懿《い》（仲達）の三代後の炎《えん》のとき、魏帝の曹奐《かん》から帝位を禅譲されて成立した王朝である（西暦二六五年）。

その後、皇族同士による、血で血を洗う八王の乱が起こり、国内は荒廃した。その混乱に乗じて、匈奴の大首長・劉淵が山西地方で自立して、漢（劉邦の興した漢とは別物）という国を建てた。後に国名を趙《ちょう》（戦国時代の趙とは別物）に変更し、いわゆる五胡十六国のさきがけをなした。

その子の劉聡は晋を圧迫して洛陽を陥れ、ときの懐帝は捕らえられ、二年後に処刑された。その処刑の報を聞いた皇族の司馬鄴《ぎょう》（愍《びん》帝）は、長安で即位し、漢（趙）に抵抗するが、やがて長安も陥落して、愍帝は捕らえられ、懐帝と同様に処刑されて、ここに西晋は滅亡する（三一六年）。

皇族のうち、ただ一人だけ生きのびた琅《ろう》邪《や》王・司馬睿（元帝）は、江南に逃れ、愍帝が殺された報を聞いて、建康（今の南京）で即位し、東晋を建てた（三一七年）。

以上、中国史の中でも、かなり複雑で込み入った時代がこの話の背景にあるわけだが、そういう予備知識を持って、次を読んでみよう。

因リテ問二フ明帝一ニ、「汝ガ意ニ謂《おも》ヘラク、長安ハ何二-如《いかん》ト日ノ遠キニ一」。答ヘテ曰ハク、「日遠シ。不レ聞カ下人ノ従リ二日辺一来ルヲ上。居然トシテ可レシ知ル」。元帝異レトス之ヲ。

因《よ》りて明帝《めいてい》に問《と》ふ、「汝《なんじ》が意《い》に謂《おも》へらく、長安《ちょうあん》は日《ひ》の遠《とお》きに何如《いかん》」と。答《こた》へて曰《い》はく、「日遠《ひとお》し。人《ひと》の日辺《にっぺん》より来《きた》るを聞《き》かず。居然《きょぜん》として知《し》るべし」と。元帝之《げんていこれ》を異《い》とす。

○日辺…お日様のある辺り。

元帝は一通り遷都のいきさつを話し終えると、膝の上の息子（明帝）に話しかけた、「お前は、長安とお日様とでは、どちらが遠いと思うかね」と。

すると明帝は、

「お日様の方が遠いと思います。客人がお日様のある辺りから訪ねてきた、という話は聞いたことがありませんもの。ここに座ったままでわかります」

と答えた。

元帝はその答えに感心し、賢い子供だと思った。

「居然」とは、手を施さなくても、居ながらにして、という意味で、ものごとの容易なさまを表す語であるが、この用語がここではまことに功を奏している。

長安から訪ねてくる客人はあるが、お日様からの来訪者は、とんと見かけない。してみると、お日様がある辺りは、人の往き来を絶するほどの遠さなのだと、まさに、父の膝の上に居ながらにしてわかったのである。

元帝が息子の気の利いた返答ぶりに喜んだのは言うまでもない。そして、他の人にも幼い息子の利発さを教えてやろうと、親バカぶりを発揮するのだが、それが思わぬ方向に展開する。

明日集《メテ》㆓群臣㆒《ヲ》宴会《ス》。告《グルニ》以《テシ》㆓此《ノ》意㆒《ヲ》、更《ニ》重《ネテ》問《フ》㆑之《ヲ》。乃《チ》答《ヘテ》曰《ハク》、「日近《シト》。」元帝失《ヒテ》㆑色《ヲ》曰《ハク》、「爾《なんじ》何《ノ》故《ニ》異《ナル》㆓昨日之言㆒《ニ》邪《ヤト》。」答《ヘテ》曰《ハク》、「挙《グレバ》㆑目《ヲ》見《ルモ》㆑日《ヲ》、不《ト》㆑見㆓長安㆒《ヲ》。」

（劉義慶『世説新語』）

明日群臣《めいじつぐんしん》を集《あつ》めて宴会《えんかい》す。告《つ》ぐるに此《こ》の意《い》を以《もっ》てし、更《さら》に重《かさ》ねて之《これ》を問《と》ふ。乃《すなわ》ち答《こた》へて曰《い》はく、「日近《ひちか》し」と。元帝色《げんていいろ》を失《うしな》ひて曰《い》はく、「爾何《なんじなん》の故《ゆえ》に昨日《さくじつ》の言《げん》に異《こと》なるや」と。答《こた》へて曰《い》はく、「目《め》を挙《あ》ぐれば日《ひ》を見《み》るも、長安《ちょうあん》を見《み》ず」と。

翌日、家来を集めて宴会を開き、昨日の息子の返答をひとしきり自慢して、あらためて、息子の明帝に昨日と同じ質問をした。

すると明帝は、

「お日様の方が近いです」

と答えた。

元帝は色を失って聞き返した、

「おまえの答えは、どうして昨日と違うのだ?」と。
明帝は答えた、
「目を上げれば、お日様は見えますが、長安は見えません」と。

それ見ろ、子供の言い分なんて当てになるものか、と思われるかもしれないが、後の方の返答も、これはこれで一つの答えになっている。結局、遠さの基準をどこに置くかで答えが変わってきたわけで、最初の場合は来訪者のあるなしに(つまり、通える範囲にあるかどうかに)、翌日は自分の目で確認できる範囲にあるかどうかに、それぞれ基準を置いただけのことだ。

ただ、自分のその場の体験が、そのまま遠さを測る基準になると考えているところに、明帝の子供としての幼さが見て取れる。そういう限界はあるにしろ、思いもつかない発想をして、周囲の大人を驚かせ、煙に巻くようなところは、やはり凡庸ではない。

その後、明帝が大人になってどうなったか、興味のあるところだが、惜しくも二十八歳の若さで崩御している。在位はたったの三年間であったが、後年、東晋随一の名君だったとの評価を受けている。

処刑を免れた言い訳

戦国時代は、その名の通り、中国全土にわたって戦争に明け暮れる毎日だった。いつの時代でも、戦争というものは、人々に災厄と不幸をもたらすものでしかないのだが、一時的に「益」をもたらすことがないわけではない。

たとえば、戦争に伴う特需景気というものがある。また、戦乱の世なればこそ、人間の活動が活発になり、思想や文化が活性化することもある。

中国の戦国時代もまさしくその通りで、様々の思想が花開いた百家争鳴の時代であった。その推進力となったのが、諸子百家といわれる、いわゆる遊説家たちである。彼らは諸国の君主たちに自分の政策や戦略を説いて廻り、大いに能弁を競った。

その遊説家たちの、比喩を用いた雄弁・詭弁ぶりは、前漢の劉向《きょう》が撰した『戦国策』にくわしい。ここでは、その中の楚国の巻の一節を読んでみよう。

有献不死之薬於荊王者。謁者操以入。中射之士問曰、「可食乎。」曰、「可。」因奪而食之。王怒、使人殺中射之士。

不死《ふし》の薬《くすり》を荊王《けいおう》に献《けん》ずる者《もの》有《あ》り。謁者《えっしゃ》操《と》りて以《もっ》て入《い》る。中射《ちゅうしゃ》の士《し》問《と》ひて曰《い》はく、「食《く》らふべきか」と。曰《い》はく、「可《か》なり」と。因《よ》りて奪《うば》ひて之《これ》を食《く》らふ。王怒《おういか》り、人《ひと》をして中射《ちゅうしゃ》の士《し》を殺《ころ》さしめんとす。

○荊…現在の中国湖北省・湖南省一帯にあった楚国の別名。　○謁者…取り次ぎの役人。
○中射之士…宮中警護の役人。

不死の薬を楚国の王に献上する客人が来た時のことである。謁者がその薬を手に持って、王の御殿へ入って行った。途中で出会った中射の士が、「食らうべきか」とたずねた。すると謁者は、「可なり」と答えた。そこで中射の士はその薬を奪って食べてしまった。

王は怒り、刑を司る役人に、中射の士を処刑させようとした。

秦の始皇帝が、徐福という方士に資金を出して、不死の神薬を探させたという話がある。そんな薬など当然見つかるはずはないのだが、この始皇帝の例のように、何でも意のままになる最高権力者が、最後に手に入れようとして、どうしても叶えられないもの、それが永遠の命である。この楚王も権力者のご多分にもれず、永遠の命が欲しかったようだ。不死の薬を持参した客人の来訪を喜んだのは言うまでもない。ところが、下役人に横取りされ、食べられてしまった。普通の感覚なら、不死の薬などいかがわしいと思って事を荒立てたりしないのだろうが、楚王は、念願の薬を横取りされたことで怒り心頭に発して、その中射の士を厳罰に処そうとした。

ところが、この役人がなかなか弁の立つ男で、自分の罪を次のように弁解した。

中射之士、使《メテ》二人《ヲシテ》説《カ》レ王《ニ》曰《ハク》、「臣問《フ》二謁者《ニ》一。謁者曰《ハク》、『可《シト》レ食《ラフ》。』臣故《ニ》食《ラヘリ》レ之《ヲ》。是《レ》臣《ハ》無《クシテ》レ罪、而罪《ハ》在《ル》二謁者《ニ》一也。

中射《ちゅうしゃ》の士《し》、人《ひと》をして王《おう》に説《と》かしめて曰《い》はく、「臣謁者《しんえつしゃ》に問《と》ふ。謁者曰《えつしゃい》はく、『食《く》らふべし』と。臣故《しんゆえ》に之《これ》を食《く》らへり。是《こ》れ臣《しん》は罪無《つみな》くして、罪《つみ》は謁者《えつしゃ》に在《あ》るなり。


中射の士は、役人を介して王に弁明して言った、

「私が謁者に『食べてもよいか』と尋ねたところ、謁者は『食べてもよい』と答えました。それで、私はその薬を食べたのです。だから、これは私の罪ではなく、罪は謁者の方にあることになります。


この中射の士の弁明は、「可」の意味をどう取るかにかかっているので、ここで簡単に「可」の用法について説明しておこう。

「可」は、わが国の古文法では助動詞「べし」に相当する語で、可能（～できる）、許容（～してよい）、適当（～するのがよい）、当然（～しなければならない）等々、多岐にわたる用法がある。

本文における中射の士の発言「可食乎」（食らうべきか）と、謁者の発言「可食」（食ら

うべし）を、それぞれ両者の立場に立って解釈してみると、二人の会話は次のようになる。

・中射の士の側に立った解釈

中射の士「食べてもよいか」――謁者「食べてもよい」（「可」は許容）。

・謁者の側に立った解釈

中射の士「食べられるか（食べ物か）」――謁者「食べられる（食べ物だ）」（「可」は可能）。

中射の士は、このように「可」の語の持つ多義性をうまくついて、自分の行動を正当化したのである。彼の弁明はこれにとどまらず、さらに次のように言い添えた。

　且《ツ》客献《ズ》二不死之薬《ヲ》一。臣食《ラフ》レ之《ヲ》。而《シテ》王殺《サバ》レ臣《ヲ》、是《レ》死薬也。王殺《シテ》二無《キ》レ罪之臣《ヲ》一、而明《ラカニスト》二人之欺《クヲ》一レ王《ヲ》。」王乃《チ》不《レ》殺《サ》。

（劉向『戦国策』）

且《か》つ客不死《かくふし》の薬《くすり》を献《けん》ず。臣之《しんこれ》を食《く》らふ。而《しか》して王臣《おうしん》を殺《ころ》さば、是《こ》れ死薬《しやく》なり。王《おう》罪《つみ》無《な》きの臣《しん》を殺《ころ》して、人《ひと》の王《おう》を欺《あざむ》くを明《あき》らかにす」と。王乃《おうすなわ》ち殺《ころ》さず。

しかも、客人が不死の薬を献上し、私がそれを食べ、そのことで王が私を処刑すれば、この薬は不死の薬どころか、死の薬ということになります。王は、罪なき臣下を処刑し、さらに、客人が王をだましたことを、世に明らかにすることにもなるのです」と。

王はそこで、彼の処刑を取りやめた。

中射の士の言い分を整理すると、次のようになる。

①私は謁者が食べてもよいと言ったから食べたのであり、無実である。

②王が私を処刑すれば無実のものを殺すことになる。

③不死の薬を食べた私が刑死すれば、献上物は不死の薬でなかったことになり、王が客人にだまされたことが明らかになり、世間の笑い者になる。

中射の士の論理はそれなりに筋が通っていて、さしもの王さまも、処刑をあきらめざるを得なかった。まことに宮中警護の下役人にしておくには勿体ないほどの雄弁家である。

「不死」にまつわる寓話では、『列子』の中の話も面白い。その概略はこうだ。

燕《えん》の君主が、不死の方法を知っている人がいると聞き、さっそく使者を派遣して学びとらせようとする。ところが、その使者が到着する前に、不死の方法を知っていると言っていた術師が死んでしまう。

王は不死の方法を手に入れられなかったことが悔しくてならず、ぐずぐずして学びそびれた使者のせいだと考え、その使者を処刑しようとする。そのとき、側近の家来が、不死の方法を知っている人自身が死んだのだから、その方法はもともと効果がなく、その術師はとんだ食わせ者だったのだと説得し、王も納得して、使者は処刑を免れた。


ここまでは、さきほどの『戦国策』の中射の士の話と似ていて、どこにでもある噴飯物の不死譚といった趣きだが、この話はここから先がすごい。というのも、その術師は本当に不死の方法を知っていた可能性があるということを、例え話を使って論証するのである。

この『列子』の話は拙著『漢文こばなし集』（大修館書店）ですでに取り上げ、詳しい解説を付けているので、話の続きを知りたい方は是非そちらの方を読んでいただきたい。

「不死」に関する話は、なにも中国に限ったものではない。わが国最初の物語である『竹取物語』の最終章は、かぐや姫が月の世界に帰って行く感動的な場面であるが、そこにも「不死の薬」が登場する。そのあらましは次のようなものだ。

月から迎えに来た天人が、壺に入った不死の薬をかぐや姫に飲むように勧める。かぐや姫は少しだけ嘗《な》めて、残りは手紙に添えて頭中将に渡し、帝に差し上げるように頼み、天の羽衣に身を包んで、月へと昇天して行った。

頭中将は、かぐや姫の引き留め策に失敗したことを帝に報告するとともに、かぐや姫から託された、不死の薬の入った壺と手紙とを差し上げた。

帝はかぐや姫がいなくなったことに絶望して、次のような歌を詠む。

逢ふこともなみだに浮かぶわが身には死なぬ薬も何にかはせむ

（もはや会うこともないと思うと、悲しくて涙がこぼれる。そのこぼれ落ちる涙に浮かんでしまいそうなわが身にとって、不死の薬など何になろう）

そして、かぐや姫からもらった不死の薬と、それの入っていた壺と、手紙との一式を、ツキノイワカサという人に預けて、駿河の国にある最も天に近い山の頂きで焼くように命じる。

ツキノイワカサは、たくさんの兵士を引き連れて山に登り、その頂で帝から命じられた通り、例の三点セットを焼いた。その煙は今でも雲の間に立ち昇っているという。

以上が『竹取物語』の結末である。ここで注目されるのは、日本の帝（天皇）が、不死の薬をもらったのにまったく喜びもせず、むしろ忌まわしいものとして、それを焼いて捨てさせた行為である。愛する人のいない世界で生きながらえても仕方がないというのである。

これが中国の帝ならどうだろうか。きっと不死の薬を手に入れたことに大喜びして、かぐや姫のいなくなった悲しみなど、すぐに忘れてしまうのではなかろうか。

このように、『竹取物語』の結末にみえる不死の薬に対する態度には、日本の帝、ひいては日本人の、永遠の命よりも人生の内実に価値を置く人生観・死生観が垣間見えて興味深い。

笑い話

子供の名前は「お坊さま」

漢文に登場する人物は、何種類かの名前を持っている。生まれたときにつける「名」、成人してからつける「字《あざな》」、死者の生前の名である「諱《いみな》」（生前には「名」で呼ぶが、死後には、生前の名を忌み嫌って「諱」で呼ぶ）、死後、生前の功績に準じてつけられる「諡《おくりな》」、住地・書斎等にちなんでつける「号」などである。

このほか、幼少時にだけ使われる「辟邪名《へきじゃめい》」といったものもある。これは、鬼神が寄り付かないように、わざと忌み嫌われるようなものを、子供の名前として付けるのである。

次の文章は、その辟邪名にちなんだ話である。

昔、欧陽公ノ家ノ小児ニ有リ下名トスル二僧哥ヲ一者上。或ルヒト戯レニ謂レヒテ公ニ曰ハク「公素ヨリ不ルニレ重ンゼレ仏ヲ、安《いづく》ンゾ得ルト二此ノ名ヲ一。」

昔《むかし》、欧陽公《おうようこう》の家《いえ》の小児《しょうじ》に僧哥《そうか》を名《な》とする者有《ものあ》り。或《あ》るひと戯《たわむ》れに公《こう》に謂《い》ひて曰《い》はく、「公素《こうもと》より仏《ほとけ》を重《おも》んぜざるに、安《いずく》んぞ此《こ》の名《な》を得《う》る」と。

昔、欧陽公の家に、僧哥という名前の子がいた。ある人が冗談まじりに欧陽公に尋ねた、

「あなたは、もともと仏さまなど敬っていないのに、どうしてこんな名前を付けたのですか」と。

「哥」は「うた」の意のほかに、目上の親しい者を呼ぶときに、名前の下につけて敬意を表す働きをする語である。だから、「僧哥」という名は、「お坊さま」というほどの意味になる。なぜこんな名前を子供につけたのだろうか。

公曰《ハク》「人家《ノ》小児、要《もとメ》二易《やすキヲ》於長育《ニ》一、往往《ニシテ》以《テ》二賤物《ヲ》一為《ス》二小名《ト》一。如《シ》二狗羊犬馬之類《ノ》一。僧哥之名、亦《タ》此《ノ》意耳《のみト》。」

公曰《こうい》はく、「人家《じんか》の小児《しょうじ》、易《やす》きを長育《ちょういく》に要《もと》め、往往《おうおう》にして賤物《せんぶつ》を以《もっ》て小名《しょうめい》と為《な》す。狗羊犬馬《くようけんば》の類《たぐい》のごとし。僧哥《そうか》の名《な》、亦《ま》た此《こ》の意《い》のみ」と。

○小名…幼少時の呼び名。

欧陽公は次のように答えた、
「よその家の子は、育ちやすいようにと願って、しばしば卑しい物の名をわが子の幼名としてつける。たとえば犬や羊や馬といった類の名をね。僧哥という名前もまた、そういう意図で付けただけのことさ」と。

中国では古くから、我が子の幼名に、わざと汚い卑小な名前を付ける風習があった。臍《へそ》、禿《はげ》、黒子《ほくろ》といった身体的なものとか、本文でも出てきた犬、羊、馬などの動物の名とかを、そのまま子供の名前にするのである。

これは魔除けのための、いわゆる辟邪名の一種で、鬼神を欺き悪霊を退散させて幼子を守るという俗信に基づくものらしい（紀田順一郎『名前の日本史』）。紀田氏によれば、朝鮮半島にも同様の風習があって、犬糞、驢馬、石といった辟邪名があったという。

この風習は、中国文化圏の東端にある我が国にも伝わり、近世の頃まで広く行われていたようで、たとえば、紀貫之の幼名は「阿古久曽《あこくそ》」という。これは「吾子《あこ》（わが子）糞《くそ》」という意味である。また、源義経の「牛若丸」や、楠木正成の「多聞丸」、加藤清正の「夜叉丸」など、「丸」の付いた幼名が多いが、この「丸」は便器の「まる」（おまる）から来ている。

幼児の死亡率が高かった昔の人は、このような汚らしい名前をわざと付けてまで、我が子を鬼神の魔手から守ろうとしたのである。

欧陽脩（一〇〇七〜七二）が活躍した宋代の士大夫は、科挙官僚といって、儒学を必須とする科挙（官吏登用試験）の合格者で占められていた。当然、彼らは儒教の信奉者で、仏教は外来宗教であるとして軽蔑し、忌避する人が多かった。

我が子に「お坊さま」という一種の辟邪名を付けて、仏教の僧を皮肉っているところを見ると、文壇の大御所的存在であった欧陽脩も、ご多分にもれず排仏派に与《くみ》していたようである。

本文の筆者梁章鉅（清）は、次のような感想で、この文章を結んでいる。

此レ自《おのずか》ラ是レ悪謔ナルモ、亦タ可シレ見ル二古人ノ所ヲ一レ不ルレ忌マ。

（梁章鉅『浪跡叢談』巻六「醜名」）

此《こ》れ自《おのずか》ら是《こ》れ悪謔《あくぎゃく》なるも、亦《ま》た古人《こじん》の忌《い》まざる所《ところ》を見《み》るべし。

これはもとより悪ふざけではあるが、ここに、昔の人が、いかに仏教に対して忌憚なく振舞っていたかが見て取れる。

宋代の士大夫たちが、仏教のお坊さんを犬馬と同列に置き、憚ることなく揶揄したり、虚仮《こけ》にしたりしている点に、筆者は、当時の文化人の自由闊達な空気を感じ取っているようだ。

ここで、ごく簡単に中国における仏教史をふり返ってみよう。

仏教の中国への伝来は、紀元一世紀前後の漢王朝の時代だと考えられている。シルクロードの西域諸国を経由して来たのだが、長い距離と、厳しい地形・自然環境が障害となって、発生から伝来に至るまで、実に数百年を要した。

仏教が伝来した当初は、道教や儒教といった中国古来の宗教や、中国人独特の中華思想（中国中心主義）等によって布教の行く手が阻まれ、外来宗教に対する偏見も手伝って、なかなか浸透しなかった。

その後、南北朝時代になって、西域出身の仏図澄《ぶつとちょう》（？〜三四八）、鳩摩羅什《くまらじゅう》（三四四〜四一三）等の来朝や、法顕《ほっけん》（三三七〜四二二）のインド訪問、さらには北朝・北魏の文成帝（四五二年即位）や南朝・梁の武帝（五〇二年即位）の仏教奨励策によって、徐々に定着し始めた。

そして、唐の玄奘《げんじょう》（六〇二〜六六四）のインド遊学と、帰国後の仏典翻訳の大成によって、仏教は大いに栄えるのである。

しかしながら、唐の後期以降になると、武宗による弾圧で、その勢いにも陰りが見え始め、宋代にはインドからの経典の流入・翻訳はなくなり、在来仏教にも変化が生じてきた。こうして仏教の真髄である思想的・精神的側面の力は次第に失われ、民衆の生活と深く関わるようになった結果、儀式中心の民衆信仰へと変容していったのである。

欧陽脩が諧謔的な言い回しで仏僧を皮肉ったのは、こういう時代背景があってのことで、欧陽脩と並ぶ宋代の知の巨頭・司馬光（一〇一九〜八六）も、その著『書儀』の中で、次のように述べている。


世間の人々は、仏陀のウソと惑わしを信じ、葬式があれば、皆、仏にお供えし、僧侶に食事をふるまう。僧侶は人々をだまして言う、

「仏にお供えするのは、死んだ者の罪をぬぐってやり、冥福を祈り、死者が天国に生まれ変わって、あらゆる幸福を受けられるようにするためなのです。もし仏にお供えしなかったら、必ず地獄に落ち、切り刻まれ、焼かれ、臼で粉々にすり潰され、あらゆる苦しみを受けるでしょう」と。

そういうウソの教えを信じている人たちは、死者の肉体はすでに朽ち果てて無くなり、魂もまた肉体から離れて雲散してしまっているのだから、切り刻み、焼き、臼で粉々にすり潰そうにも、到底できない相談だということを、わかっていないのだ。

また、仏教が中国に伝わる以前、死んで再び生き返った人はいたが、再生した人の中に、誤って地獄に落ち、地獄の十人の王にお目にかかった者が一人もいないのは、いったいどういうわけだろう。

これは、地獄などというものがない証拠であり、地獄など信じるに足りないことは明白である。

この司馬光の文章からも、宋代の仏教が、大衆の中に広まっていくにつれて怪しい宗教へと変質し、次第に知識人の支持を失っていった様子がうかがわれよう。

地獄の沙汰も……

先の話で見たように、司馬光のような見識ある人から見たら、地獄など子供だましに過ぎないのだが、一般大衆のレベルでは、勧善懲悪という道徳的な効果もあってか、地獄の存在がまことしやかに語られることが多かった。

仏教の教えによれば、死んだ者は皆、いったん冥界（地獄）に行き、十人の王の前に順次引き立てられ、生前の行いが審議される。その十人の王の最後の王である閻魔《えんま》大王によって、最終的に、天国行きか地獄行きかが言い渡される。

次の話は、地獄で閻魔大王の審判を受けることになった、ある悪人の話である。

無頼子、方《あた》リテ㆑冬ニ暴死ス。自ラ謂《おも》ヘラク、「我ガ罪悪ハ深重ニシテ、必ズ得ント㆓呵《か》責《しゃく》ヲ㆒。」乃《すなは》チ私《ひそ》カニ賂《まひな》ヒシ㆓数金ヲ於獄卒ニ㆒、以テ請フ㆓之ガ計ヲ㆒矣。獄卒受ケ㆑金ヲ許ス㆑之ヲ。

無頼子《ぶらいし》、冬《ふゆ》に方《あた》りて暴死《ぼうし》す。自《みずか》ら謂《おも》へらく、「我《わ》が罪悪《ざいあく》は深重《しんじゅう》にして、必《かなら》ず呵責《かしゃく》を得《え》ん」と。乃《すなわ》ち私《ひそ》かに数金《すうきん》を獄卒《ごくそつ》に賂《まいな》ひし、以《もっ》て之《これ》が計《けい》を請《こ》ふ。獄卒金《ごくそつきん》を受《う》け之《これ》を許《ゆる》す。

無頼子（ならず者）が、冬になって急に死んだ。ならず者は思った、「俺の犯した罪はとても重いので、きっと、きびしい罰を受けるだろう」と。そこで、こっそり、なにがしかの金を地獄の小役人に賄賂として贈り、審判を受ける際に便宜を図ってくれるように頼んだ。小役人は、その金を受け取り、頼みを聞き入れた。

無頼子とは、ならず者、やくざ、ごろつきといった種類の人間、つまり悪人である。悪人だから、冥界での審判は当然厳しいものが予想される。そこで、前工作を行って、賄賂で地獄の小役人を抱き込むことにした。悪人はどこまでいっても悪知恵が働くのである。

さて、賄賂の効果はどうだったであろうか。

乃チ摂㆓‐来ス庁前ニ㆒。具《つぶさ》ニシ㆓罪状ヲ㆒請㆑フ旨ヲ。閻《えん》王《わう》大イニ怒リ、先ヅ使ム㆔獄卒ヲシテ与ヘ㆓之ニ熱鉄湯ヲ㆒。獄卒窃《ひそ》カニ代㆑フルニ之ニ以テシ㆓温酒ヲ㆒、使ム㆓新鬼ヲシテ飲マ㆒㆑之ヲ。

乃《すなわ》ち庁前《ちょうぜん》に摂来《せつらい》す。罪状《ざいじょう》を具《つぶさ》にし旨《むね》を請《こ》ふ。閻王大《えんおうおお》いに怒《いか》り、先《ま》ず獄卒《ごくそつ》をして之《これ》に熱鉄湯《ねってつとう》を与《あた》へしむ。獄卒窃《ごくそつひそ》かに之《これ》に代《か》ふるに温酒《おんしゅ》を以《もっ》てし、新鬼《しんき》をして之《これ》を飲《の》ましむ。

○摂来…引きつれて来ること。　○閻王…閻魔大王。　○新鬼…死んだばかりの人。

そこで小役人は、裁きを受ける役所の前に悪人を引きつれて来た。小役人は悪人の罪状を洗いざらいあげつらい、閻魔大王の審判を仰いだ。その罪状を聞いた大王は、ひどく怒って、まず、小役人に命じて悪人に鉄の熱湯を飲ませた。

ところが小役人は、こっそり鉄の熱湯の代わりに温かい酒を用意し、死んだばかりの悪人に、その温かい酒を飲ませた。

さて、悪人は閻魔大王の前に引っ立てられて裁きを受ける次第となったが、賄賂の効果はてき面で、小役人は大王の目をかすめて、喉を焦がす鉄の熱湯ではなく、喉を潤す温かい酒をあてがってくれたのである。

大王はそんなこととはつゆ知らず、熱い物を飲み干した悪人の様子をうかがった。

閻王曰《ハク》、「苦《シキ》乎《カト》。」曰《ハク》、「不《ト》レ苦《シカラ》。」閻王曰《ハク》、「飲《ミテ》レ此《ヲ》不《ルハ　トス》レ苦《シカラ》、則《チ》

有《ル》二夙《しゅく》善《ぜん》之証一也《ト》。」乃《チ》使《ム》三獄卒《ヲシテ》送《ラ》二之《ヲ》極楽《ニ》一。

閻王《えんおう》曰《い》はく、「苦《くる》しきか」と。曰《い》はく、「苦《くる》しからず」と。閻王《えんおう》曰《い》はく、「此《これ》を飲《の》みて苦《くる》しからずとするは、則《すなわ》ち夙善《しゅくぜん》の証有《あかしあ》るなり」と。乃《すなわ》ち獄卒《ごくそつ》をして之《これ》を極楽《ごくらく》に送《おく》らしむ。

○夙善…前から備わっている善のこと。

閻魔大王は悪人に尋ねて言った、

「苦しいか」と。

悪人は答えて言った、

「いえ、苦しくありません」と。

それを聞いた閻魔大王は、驚いて言った、

「この鉄の熱湯を飲んで苦しくないとは、きっと生前から善が備わっていた証拠だ」と。

そこで小役人に命じて、その悪人を極楽に送り届けさせた。

地獄の沙汰も金次第というが、まさに賄賂のお陰で、この悪人は地獄に落ちるところを極楽行きとなったのである。
ただ、この話の場合、賄賂をもらったのが下っ端の小役人であるところが、いつものパターンとは違う。いつもなら、地獄の主宰者である閻魔大王がもらうところだ。
さて、極楽に行くことになった悪人が、いよいよ天国に出発することになった。

獄卒将ニ㆑スルニ送ラント㆑之ヲ、新鬼顧テ又私カニ請ヒテ曰ハク、「小人衣単《ひとへ》ニシテ、而寒風難シ㆑堪ヘ。向《さき》ノ熱鉄湯若シ有ラバ㆓余滴㆒、請フ更ニ賜ランコトヲト㆓一杯ヲ㆒。」

（河玄佑『前戯録』）

獄卒将《ごくそつまさ》に之《これ》を送《おく》らんとするに、新鬼《しんき》顧《かえりみ》て又私《またひそ》かに請《こ》ひて曰《い》はく、「小人《しょうじん》衣《ころも》単《ひとへ》にして、寒風堪《かんぷうた》へ難《がた》し。向《さき》の熱鉄湯若《ねってっとうも》し余滴有《よてきあ》らば、請《こ》ふ更《さら》に一杯《いっぱい》を賜《たまわ》らんことを」と。

○小人…自称詞。わたし。

小役人が悪人を極楽に送って行こうとすると、その死んだばかりの悪人は、小役人の方をふり返って、またこっそり頼んで言った、

「私は着物が単衣《ひとえ》で、とても寒風に堪えられそうにありません。先ほどの鉄の熱湯がもし残っていましたら、どうかもう一杯飲ませて下さい」と。

まるで落語を思わせるオチだが、野暮を承知でこのオチを説明すると、この笑い話の冒頭に、悪人は冬に急死したとあったのを思い起こしていただきたい。しかも、死に装束というのは、だいたい薄手の白衣一枚と相場が決まっている。

だから、単衣の着物では平地でも寒いのに、これから極楽に昇天して行く空の旅は、寒風にさらされ、さぞや堪え難いだろうと悪人は考えて、先ほどの鉄の熱湯（実は、温かい酒）を小役人に所望したのである。

この笑い話は、江戸中期の漢学者河玄佑《かげんゆう》が、一七七〇（明和七）年、京都で出版した狂文集『前戯録』の中に収められている。時は、あたかも田沼意次《おきつぐ》が老中として幕政を取り仕切り、金権腐敗政治を展開する、いわゆる田沼時代を迎えようとしていた。

江戸の狂歌に

白河の清きに魚のすみかねて もとの濁りの田沼こひしき

というのがある。これは、綱紀の緩んだ田沼時代の後を受けて、寛政の改革を行った松平定信（白河藩主で、第十一代将軍家斉《いえなり》の補佐）の厳格な政治を皮肉ったものだが、裏を返せば、前代の田沼政治が、いかに金権や利欲に汚染されたものであったかがよくわかる。

しかし、この笑い話を収めた『前戯録』の成立は、その金まみれの田沼時代よりまだ前だったことを考えると、田沼時代を待つまでもなく、太平の世に狎《な》れた江戸の政界では、賄賂の横行が常態化していたことがわかる。

筆者玄佑は、地獄に落ちた悪人が、そこの小役人を買収して、みごと天国行きの切符を手に入れ、酒まで飲ませてもらうといった笑い話にかこつけて、当時の役人の金権体質や、利権に群がる悪徳商人たちの汚れた生き方を批判しようとしたのである。

皆で落ちれば臭くない

「十五の春は泣かせない」とは、故・蜷川虎三京都府知事の名文句だが、最近では、十五の春どころか、十二の春に涙するところまで、受験戦争が低年齢化している。

わが国で「受験」というものが登場するのは、明治のはじめ（一八七二年）に学制が敷かれてからのことで、その歴史は、たかだか百数十年であるが、お隣の中国では、すでに六世紀の隋王朝の頃から、科挙という官吏登用試験があった。この試験に合格すれば、身分や門地に関係なく、官僚機構のエリートとして将来が約束され、本人はもとより、親戚・縁者までもが余慶に与《あずか》った。

試験のあるところ、不正行為ありで、替え玉受験や豆本の持ち込みなどは茶飯事で、変わったものでは、下着にびっしり詩句を書き込んでいた例もあったらしい。なぜ下着なのかというと、郷試と呼ばれる一次試験では、各人に個室が与えられたので、脱着が自由にできたからである。

さて、明代に活躍した唐寅《とういん》という文人がいる。字は伯虎。唐解元とも呼ばれる。「解元」とは、各地で行われる郷試を首席で合格した者に与えられる称号であるから、彼の頭脳がいかに明晰優秀なものであったかが窺い知れよう。

ところが、中央で行われる二次試験の会試で、これまた首席の成績であったにもかかわらず、カンニングをしたという、あらぬ嫌疑を掛けられ、その後の受験資格まで剝奪されてしまった。この事件の裏には、ある高官が自分の息子を首席で合格させたいがために仕組んだ陰謀がうごめいていたという。

ともあれ、もともと多才な人物であった唐寅は、官界への道が閉ざされた後は、新たに書画の方面にその才能を発揮することになる。彼の作品は巧みな技法に裏打ちされ、生来の自由な気風を感じさせるもので、当時の人々に大いに歓迎されたという。

その唐寅の自由奔放な性格を物語る、次のような逸話がある。出典は、彼の詩文集『唐伯虎全集』に収められた「伯虎軼《いっ》事」の一節である。

伯虎与レ客出デテ遊ビ、見二一果園ノ茂ルコト甚ダシキヲ一、乃チ戯レニ踰エレ垣ヲ盗マントスルニレ果ヲ、匆チ堕ツ二厠中一ニ。

伯虎《はくこ》客《かく》と出《い》でて遊《あそ》び、一果園《いちかえん》の茂《しげ》ること甚《はなは》だしきを見《み》、乃《すなわ》ち戯《たわむ》れに垣《かき》を踰《こ》え果《か》を盗《ぬす》まんとするに、匆《たちま》ち厠中《しちゅう》に堕《お》つ。

○厠中…肥溜《こえだめ》の中。

伯虎が客と郊外に遊びに出かけて、果物がたくさん成っている果樹園を見つけた。そこで、ふざけて、垣根を乗り越えて果物を盗もうとしたところ、たちまち、垣根の内側の、肥溜の中に落ちてしまった。

唐寅がまだ若い頃の話だろう。たまたま見かけた果樹園の果物を盗もうとして、あいにく肥溜に落ちてしまった。

「肥溜」という言葉は、今では知らない人も多いだろうから、説明しておく。簡単に言えば、肥料を溜めておく場所のことである。

昔は、耕作地の一隅に、柵で囲ったり漆喰《しっくい》で塗り固めたりして肥溜をしつらえ、そこに糞尿や腐葉土を集めて、堆肥を作って置いていた。そこの耕作地の肥料は、その天然の堆肥ですべてまかなっていたのである。

私は鹿児島のある農村の出であるが、私の幼い頃はまだ自家製の堆肥を使っていて、不足してくると、道に落ちている馬や牛の糞まで拾い集めて堆肥にすることもあった。どの家もそうしていたので、おかげで、村の農道には糞一つ落ちていないという美的環境が、図らずも実現していたのだった。

ところで、肥溜にはふつう雨露を防ぐために屋根が掛けてあることが多いが、露天のものもある。その場合、耕作地と見分けがつかないことがままあり、知らずに足を踏み入れたりすると、足を取られて抜け出せなくなる。

肥溜に嵌《はま》った唐寅は、まさに身動きの取れない状態であったに違いない。また、物が物だけに、鼻が曲がるほどの悪臭にも襲われたことだろう。思いもよらない状況に陥った唐寅は、さて、どういう行動に出ただろうか。

諸客従《リ》㆓墻《ノ》外㆒伺《フニ》㆑之《ヲ》、寂如《タリ》也。客私《カニ》謂《おも》《ヘラク》伯虎且《ツ》已《ニ》㆓飽啖《セリト》㆒矣。一客《ノ》少年曰《ハク》「吾《われ》輩《ら》盍《ゾ》㆓往《キテ》従《ハ》㆒㆑之《ニ》」。遂《ニ》先《ンジテ》㆓諸客《ニ》㆒踰《エ》㆑垣《ヲ》、亦《タ》堕《ツ》㆓厠中《ニ》㆒。

諸客《しょかく》、墻《かき》の外《そと》より之《これ》を伺《うかが》ふに、寂如《せきじょ》たり。客私《かくひそ》かに謂《おも》へらく、伯虎《はくこ》且《か》つ已《すで》に飽啖《ほうたん》せり、と。一客《いっかく》の少年《しょうねん》曰《い》はく、「吾輩《われら》盍《なん》ぞ往《ゆ》きて之《これ》に従《したが》はざる」と。遂《つい》に諸客《しょかく》に先《さき》んじて垣《かき》を踰《こ》え、亦《ま》た厠中《ししゅう》に堕《お》つ。

○墻…かきね。　○寂如…ひっそりとしているさま。　○啖…食べる。

客たちは、垣根の外から伯虎の様子をうかがっていたが、中はひっそりとしている。そこで客たちは、伯虎が自分たちを差し置いて、もうすでに満腹するまで果物を食べてしまったのではないかと、心中ひそかに疑った。

年若い、ある客人が言った、

「私たちも伯虎さんの後に続いて、果樹園の中へ入って、果物を食べましょうよ」と。そう言うと、その若い客人は、他の客たちを尻目に垣根をひょいと跳び越えて行ったはよかったが、これまた肥溜の中に落ちてしまった。

肥溜に落ちた唐寅が声も立てず、ひっそりしていたのは、まさに、他の各人たちも自分と同じ目に合わそうという魂胆からで、その最初の犠牲者が、この年少の客人だったというわけである。

見二ルニ伯虎一ヲ蹲《そん》二-踞《きよ》シテ其ノ右一ニ曰ハク「君モ亦来リテ享レクルカ之ヲ。幸《ねが》ハクハ勿レレ言《ものい》フコト。当ニ下シト与二諸君一共上レニス之ヲ」。

伯虎《はくこ》を見《み》るに其《そ》の右《みぎ》に蹲踞《そんきよ》して曰《い》はく、「君《きみ》も亦来《またきた》りて之《これ》を享《う》くるか。幸《ねが》はくは言《ものい》ふこと勿《なか》れ。当《まさ》に諸君《しよくん》と之《これ》を共《とも》にすべし」と。

○蹲踞…しゃがむ。

後から来て肥溜に落ちた若い客人が、伯虎はどうしているかと辺りを見回すと、なんと自分の右横に低くしゃがんでいて、新参者の若い客人に小声で言った、「君も、私と同じように垣根を越えて来て、とんだ目にあったね。声を出しちゃいけないよ。こうなったら、みんなでこの肥溜に浸《つ》かろうじゃないか」と。

他の連中も肥溜に引きずり込もうと、ここに二人の共同作戦が始まった。成功するためには、とにかく声を立てないことである。

先に垣根を越えて行った二人がひっそりしているので、残った客たちは、これはやっぱり、あの二人は思う存分、果物を頬張っているのだと思い込んだのも無理はない。

少頃《しばらくシテ》、客相継《イデ》踰《エ》レ垣《ヲ》、倶《ニ》仆《たふル》二廁中《ニ》一。伯虎相顧《テ》大笑《ス》。其《ノ》狂誕如《シ》レ此《ノ》。

（『唐伯虎全集』「伯虎軼事」）

少頃《しばらく》して、客相継《かくあいつ》いで垣《かき》を踰《こ》え、倶《とも》に廁中《しちゅう》に仆《たお》る。伯虎《はくこ》相顧《あいかえりみ》て大笑《たいしょう》す。
其《そ》の狂誕《きょうたん》此《かく》のごとし。

○仆…たおれる。　○狂誕…常軌を逸した気ままな性格。

しばらくすると、客たちは相次いで垣根を乗り越えて来て、みんな肥溜の中に倒れこんだ。伯虎は客人たちの様子を見て大笑いした。伯虎の常軌を逸した気ままな振る舞いは、まさにこんな風であった。

この逸話には、伯虎の茶目っ気たっぷりな性格がよく出ている。身に覚えのないカンニングという破廉恥罪で、官僚になる夢は断たれたが、自由闊達な彼の性格から言って、それはかえってよかったのかもしれない。生来、頓狂で冗談好きの彼が、堅苦しい官僚機構の中で窮屈な人生を過ごすことは、到底できなかっただろう。

間の抜けた献策

司馬遷は『史記』の列伝の項目として、循吏《じゅんり》列伝と酷吏《こくり》列伝を立て、役人のあるべき姿を模索している。違いを簡単に言えば、「循吏」は、民情を斟酌して良い政治を心掛ける善良な役人で、「酷吏」は、民情を無視して厳格な政治を行う無慈悲な役人ということになる。

ただ、酷吏と言えば、陰険で邪悪な役人をイメージしてしまうが、必ずしもそうではなく、定義としては、法を厳格に適用する法律第一主義者を言うにすぎない。つまり、法を守ることが最優先課題で、人々の生活は二の次という考えの役人のことなのである。

国の支配者にとって、酷吏は都合のよい有能な役人ということになるのだろうが、支配される人民にとっては、たまったものではない。中央であれ地方であれ、自分たちの統治者である役人が、できれば循吏であって欲しいと思うのは当然の願いである。

さて、次の文章は地方官の笑い話であるが、彼はどちらのタイプの役人であろうか。

　某県ニ有リレ尉、夜半ニ撃チ二令ノ門一ヲ、求ムルコトレ見ヲ甚ダ急ナリ。令曰ハク、「半夜ニ有ルヤ二何ノ事一。請フ待タントレ旦《あさ》ヲ。」尉曰ハク、「不可ナリト。」披《き》テレ衣ヲ遽《にはか》ニ起キ、取リレ火ヲ延《ひ》キテレ尉ヲ入ラシム。

某県《ぼうけん》に尉《い》有《あ》り、夜半《やはん》に令《れい》の門《もん》を撃《う》ち、見《けん》を求《もと》むること甚《はなは》だ急《きゆう》なり。令《れい》曰《い》はく、「半夜《はんや》に何《なん》の事《こと》有《あ》るや。請《こ》ふ旦《あさ》を待《ま》たん」と。尉《い》曰《い》はく、「不可《ふか》なり」と。衣《ころも》を披《き》て遽《にわか》に起《お》き、火《ひ》を取《と》り尉《い》を延《ひ》きて入《い》らしむ。

○尉…県の副長官。　○令…県の長官。

ある県の、ある副長官が、夜中に長官の家の門を叩いて、慌ただしく面会を求めた。長官が取り次ぎの者を介して、

「こんな夜中に何事だ。明朝にしてくれ」

と言うのだが、副長官は、

「それはできません」

と聞かない。そこで長官は寝巻を普段着に着替えて、急いで寝床から起き上がり、灯を手にして副長官を部屋に通した。


部下の深夜を突いた慌ただしい訪問とあれば、何かよくないことが起こったに相違なく、上司としても、ことによっては迅速に対応しなければならない。やや落ち着かない心持ちで副長官を部屋に通し、話をきくことにした。では、その副長官の急を要する話とは？

坐未《ダ》《ルニ》レ定《マラ》、問《ヒテ》曰《ハク》「事何《ノ》急。豈《アルヤ》有《リテ》二盗《ニ》賊《ノ》窃《ひそかニ》発《スル》一、君欲《シ》二出《デテ》捕《ヘント》一、不レ可《カラ》レ失《フ》レ時《ヲ》、告《ゲン》レ行《カン》《コトヲ》耶《かト》。」曰《ハク》「不《ト》レ然《ラ》。」「豈《ニ》家《ニ》有《ラン》二疾病《ノ》倉卒《ナル》《モノ》一耶《ト》。」曰《ハク》「無《シト》レ之。」「然《ラバ》則《チ》何為《レゾ》不《ルト》レ待《タ》レ旦《ヲ》。」

坐《ざ》未《いま》だ定《さだ》まらざるに、問《と》ひて曰《い》はく、「事《こと》何《なん》の急《きゅう》あるや。豈《あ》に盗賊《とうぞく》の窃《ひそか》に発《はっ》する有《あ》りて、君《きみ》出《い》でて捕《とら》へんと欲《ほっ》し、時《とき》を失《うしな》ふべからず、行《ゆ》かんことを告《つ》げんか」と。曰《い》はく、「然《しか》らず」と。「豈《あ》に家《いえ》に疾病《しっぺい》の倉卒《そうそつ》なるもの有《あ》らんか」と。曰《い》はく、「之《これ》無《な》し」と。「然《しか》らば則《すなわ》ち何《なん》為《す》れぞ旦《あさ》を待《ま》たざる」と。

○倉卒…急なさま。

長官はまだ着席しないうちから副長官の来訪の意図を尋ねた。以下はその問答である。

長官「どんな差し迫った事態が起きたのだ。もしかして秘かに盗賊が出没して、君はそれを捕えに出ようと思い、時機を失ってはいけないと出動を勧めにやって来たのか」

副長官「そういうことは、ございません」

長官「では、もしかして家に急病人でも出たのか」

副長官「そういうことも、ございません」

長官「それなら、どうして朝になるのを待てないのか」

長官が、考えられる突発的な出来事を立て続けに尋ねてみたが、盗賊の出没でも、家人の急病でもなさそうである。深夜の眠りを妨げられた長官としては憤懣やる方ない。少し声を荒げて詰《なじ》ると、副長官はやっと用件を切り出した。

曰《ハク》、「某《それがし》見《ルニ》二春夏之間《ヲ》一、農事方《まさニ》興《さかんニシテ》、百姓皆下《くだルニ》レ田《ニ》、又使《ム》二養蚕《セ》一。恐《ルト》二民力《ノ》不《ルヲ》一レ給《たラ》。」

曰《い》はく、「某《それがし》春夏《しゅんか》の間《かん》を見《み》るに、農事《のうじ》方《まさ》に興《さか》んにして、百姓《ひやくせい》皆《みな》田《でん》に下《くだ》るに、又養蚕《またようさん》せしむ。民力《みんりょく》の給《た》らざるを恐《おそ》る」と。

副長官が言った、

「私が春から夏にかけての農民の様子を見ておりますと、農作業がまことに多忙を極め、農民は皆田畑に出て働いておりますが、さらに養蚕までさせているしまつです。このままでは、農民の労力が仕事に追いつかなくなるのではないかと心配です」と。

副長官は、町の治安のことでも、個人的な用事でもなく、過酷な労働を強いられている農民のことを憂慮して、居ても立ってもいられず、長官宅に相談にやって来たのである。なんと農民思いの善良な役人ではないか。さきほどの役人の部類で言えば、さしずめ「循吏」といったところか。

長官としても自分の領内の農民のことなので、副長官の進言に耳を傾けることにした。

令笑ヒテ曰ハク、「然ラバ則チ君有ルヤト二何ノ策一。」曰ハク、「某見ルニ二冬間ヲ一、農《のう》隙《げき》ニシテ無シレ事、不トレ若カ下移シテ二養蚕ヲ一在ラシメレ冬ニ為スニ上レ便ト。」

令笑《れいわら》ひて曰《い》はく、「然《しか》らば則《すなわ》ち君何《きみなん》の策有《さくあ》るや」と。曰《い》はく、「某冬間《それがしとうかん》を見《み》るに、農隙《のうげき》にして事無《ことな》し、養蚕《ようさん》を移《うつ》して冬《ふゆ》に在《あ》らしめ便《べん》と為《な》すに若《し》かず」と。

長官が笑いながら尋ねた、

「ならば、君にどのような策があるのかね」と。
副長官はここぞとばかり、自分のアイデアを披露した、
「私が冬季の農民の様子を見ておりますと、農作業は暇で、たいした仕事もないようです。それで、養蚕の仕事を冬に移して、農民の便宜を図ってやったほうがよいと思います」と。

長官が、笑いながら尋ねたところに、ご注目あれ。この副長官は、どうも日頃から長官の信頼を得ていなかったようだ。また変なことを言い出すのではないかといった、警戒感とも侮蔑感ともつかぬ微妙なニュアンスが、この「笑いながら」という表現から伝わってくる。

そして、長官のそのいやな予感は見事に当たってしまう。養蚕の仕事を冬場に移してはどうかという、とんでもないことを言い出したのである。長官は怒る気にもなれず、諭すような口調で皮肉めいたことを言うしかなかった。

令曰ハク「君ノ策甚ダ善シ、古人モ不レ及バ。奈三冬ニ無二キヲ桑ノ葉一何セント。」

尉瞠《だう》目《もくシテ》不レ対《へ》。久《シクシテ》レ之《ヲ》、拱《きよう》手《しゆ》長《ちやう》揖《いふシテ》曰《ハク》、「夜已《ニ》深《シ》、伏《シテ》惟《おもんミルニ》安置《セント》。」

（呉翌鳳『遜志堂雑鈔』）

令曰《れいいい》はく、「君《きみ》の策《さく》甚《はなは》だ善《よ》し、古人《こじん》も及《およ》ばず。冬《ふゆ》に桑《くわ》の葉《は》無きを奈何《いかん》せん」と。尉瞠目《いどうもく》して対《こた》へず。之《これ》を久《ひさ》しくして、拱手長揖《きようしゆちようゆう》して曰《い》はく、「夜已《よるすで》に深《ふか》し、伏《ふ》して惟《おも》んみるに安置《あんち》せん」と。

○拱手長揖…目上の役人に対する挨拶の仕方。　○安置…就寝する。

長官があきれて言った、
「君の策はとてもすばらしい。昔の賢人も、そこまでは考えつかなかった。ところで、冬には蚕の食べる桑の葉がないのだが、どうしたものかね」と。
それを聞いた副長官は目を丸くして、返す言葉もない。しばらくして、ふと気を取り直し、手を組んで恭しく挨拶して言った、

「夜もすっかり更けております。謹んで考えますに、どうぞお休みください」と。

長官の放った「冬には桑の葉がない」という一言は、副長官の立案した農業政策を根本から覆すに十分な一撃であった。桑の木は落葉樹で、冬になると枯れてしまう。そのことを、副長官はまったく念頭に置いていなかったのだ。自分の迂闊さを長官に指摘されて、気もそぞろに這這《ほうほう》の体《てい》で退散するしかなかった。

こうして、副長官のせっかくの熱意も、失笑を買うはめになってしまったのだが、しかし考えてみると、これと同様のことは、私たちにも結構あるのではなかろうか。

ぱっとひらめいた考えが、この上ない妙案だと思っていたのに、一晩経つと、あちこちに綻びがあるのがわかり、興奮も一気に冷めて、その考えの虜になっていた自分が、いかにも浅薄なものに思えてくる、といった経験は誰にもあるはずだ。

そうであれば、農民の苦労を救わんがために、無い知恵を絞り、やっと思いついた「妙案」を無駄にすまいと、長官宅に夜討ちを掛けた副長官の行動は、農民に対する思いに駆られてのことであり、その愚直さを嘲笑することはできない。

不思議な話

ウナギがしゃべった

芥川龍之介も愛読したという、兪越《ゆえつ》（清）の『右台仙館筆記』という本は、巷間にある化け物や幽霊や超常現象にまつわる話を集めたもので、荒唐無稽と言えばそれまでだが、非合理であるがゆえに、かえって日常性を越え出た空想の世界にしばし精神を解き放ち、遊ばせてくれる本でもある。

この本の中に、日本人とウナギに材をとった、次のような不思議な話が見える。

日本国《ノ》人、多《ク》嗜《ム》レ食《フヲ》レ鰻《ヲ》。然《ルニ》雖《モ》レ嗜《ムト》レ之《ヲ》、又《タ》甚《ダ》畏《ル》レ之《ヲ》。曰《ハク》、「是《レ》有《リ》二霊異一、能《ク》為《スト》レ祟《たたりヲ》。」故《ニ》不二敢《テ》自《ラ》殺《サ》一。凡《ソ》啓《ひらく》二酒肆《ヲ》一者、必《ズ》多《ク》畜《たくはへ》レ鰻《ヲ》、以《テ》供《シ》二人之求《メニ》一、代《ハリテ》レ之《ニ》操《ル》レ刀《ヲ》焉。

日本国《にほんこく》の人《ひと》、多《おお》く鰻《うなぎ》を食《くら》ふを嗜《たしな》む。然《しか》るに之《これ》を嗜《たしな》むと雖《いえど》も、又《ま》た甚《はなは》だ之《これ》を畏《おそ》る。曰《い》はく、「是《こ》れ霊異《れいい》有《あ》り、能《よ》く祟《たたり》を為《な》す」と。故《ゆえ》に敢《あえ》て自《みずか》ら殺《ころ》さず。凡《およ》そ酒肆《しゅし》を啓《ひら》く者《もの》、必《かなら》ず多《おお》く鰻《うなぎ》を畜《たくわ》へ、以《もっ》て人《ひと》の求《もと》めに供《きょう》し、之《これ》に代《か》はりて刀《かたな》を操《と》る。

日本人の多くはウナギを食べるのが好きだ。しかし、ウナギは日本人の好物ではあるが、同時にそれをたいそう恐れてもいる。日本人は言う、「ウナギには不思議な力が宿っていて、祟りを引き起こしたりする」と。だから、ふつうの日本人は決して自分で殺して料理することはしない。だいたい飲食店を開いている者が、必ずたくさんのウナギを飼っていて、お客の求めに応じて提供し、お客に代わって包丁で料理する。

ウナギを食べるのは、なにも日本人だけではないだろうが、夏の土用の丑《うし》の日には、ウナギを食べるのが習わしになっているくらいだから、やはり、ウナギは日本人の大好物と言っていいだろう。ウナギと日本人との関わりは、おそらく他の魚と同じくらい昔に遡るのだろうが、文献に初めて登場するのは、奈良時代に成立した万葉集に収められた大伴家持の歌で、巻第十六に、「痩せたる人を嗤咲《わら》う歌」と題して、

石麻呂《いわ》にわれ物申す夏痩せに良しという物ぞ鰻《むなぎ》取り食《め》せ

（石麻呂に申し上げます。夏痩せによいということですよ、鰻を捕まえて召しあがりなさい）

と詠んでいる。

石麻呂は姓が吉田という老人で、大食漢にもかかわらず、まるで飢えた人のように痩せていたという。その痩身《そうしん》は生まれつきだったようだが、「夏バテによいそうだから」とからかっているのである。このユーモアあふれる家持の歌からも、昔からウナギが日本人の栄養源として重宝されていたことがわかる。

ウナギはからだの表面がヌルヌルしていて、しかもよく動き回るので、それを料理するには一苦労する。本文では、「日本人は自分で料理しない」とあるが、そもそも自分で料

理しようにも、できないのである。
そこで、ウナギ屋に食べに行く仕儀となるわけだが、ウナギ屋はその道のプロとして、「目打ち」「鰻裂き包丁」といった特殊な道具を使って、ウナギを難なく切り捌いていく。やはり餅は餅屋である。そのウナギ屋で、ある夜、不思議な出来事が起こる。

嘗テ有リ二酔客三四人一、夜款《たたク》二酒家之門一ヲ。時已ニ三更ニシテ、肆中ノ人皆睡ル矣。客従リ二門外一問ヒテ曰ハク、「有リレ鰻也《や》無シヤト。」所レ畜フル之鰻於イテ二水中ニ一同ジクシテレ声ヲ答ヘテ曰ハク、「無シト。」

嘗《かつ》て酔客三四人《すいかくさんしにん》有《あ》り、夜酒家《よるしゅか》の門《もん》を款《たた》く。時已《ときすで》に三更《さんこう》にして、肆中《しちゅう》の人皆睡《ひとみなねむ》る。客門外《かくもんがい》より問《と》ひて曰《い》はく、「鰻有《うなぎあ》りや無《な》しや」と。畜《たくわ》ふる所《ところ》の鰻水中《うなぎすいちゅう》に於《お》いて声《こえ》を同《おな》じくして答《こた》へて曰《い》はく、「無《な》し」と。

○三更…時刻の呼び方で、午前零時前後。

ある時のこと、酔っぱらいが三、四人いて、夜、ある飲み屋の門を叩いた。時刻はもうすでに真夜中であり、店の人達はみんな眠っていた。酔っぱらいが店の外から尋ねて言った、

「ウナギはありますか？」と。

すると、店の中で飼われていたウナギが、水の中から声をそろえて答えた、

「ないよ」と。

化け物や幽霊、盗人など、人目を憚るものが暗躍する時刻は、わが国では「草木も眠る丑《うし》三つ時（今の午前二時〜二時半）」と相場は決まっているが、中国では、だいたい三更（午前零時前後）である。梯子《はしご》をしてきた酔客が、最後の腹ごしらえにウナギ屋にやってきた。店の外から声を掛けると、内から「ウナギは、ないよ」という返事が返って来た。食われたらたまらんと思って、ウナギたちが返答したのだ。

主人大《イニ》驚《ク》。至《リ》二天明《ニ》一、尽《ク》縦《はなチ》二其《ノ》所《レ》畜《フル》之鰻《ヲ》一、即日改《ム》レ業《ヲ》。

（兪越『右台仙館筆記』）

主人大《しゅじんおお》いに驚《おどろ》く。天明《てんめい》に至《いた》り、尽《ことごと》く其《そ》の畜《たくわ》ふる所《ところ》の鰻《うなぎ》を縦《はな》ち、即日業《そくじつぎょう》を改《あらた》む。

そのウナギの声を聞いた店の主人は大いに驚いた。そして、夜が明けると、店に飼っていたウナギをすべて放してやり、その日のうちに仕事を変えた、ということだ。

外の酔客たちは、店の者が返答したと思って、食い外れたことを残念に思いながらも、すごすごと帰って行ったにちがいない。驚いたのは寝ていた店の主人である。店内には飼われているウナギ以外には誰もいないのだから、その声の主はウナギしか考えられない。ウナギがしゃべったということは、それだけ不思議な力が備わっている証拠である。だから、これまでさんざんウナギを殺して料理してきた主人としては、罰としてウナギに祟られるのではないかと、不安に駆られたとしてもおかしくない。

冷静に考えれば、ウナギが人間の言葉をしゃべるなんてことはあり得ない話だが、ウナギに秘められたパワーを象徴する話と考えることもできる。ことほどさように、ウナギは神秘に満ちた生き物だということなのだろう。

まず、その出生からして謎に満ちている。稚魚の姿は見かけることもあるが、天然ウナギの卵を見たものはこれまで誰もいなかったのである。そして、つい最近、その出生の秘密の一端が明らかになってきた。わが国に生息するのは、ニホンウナギという食用種であるが、産卵場所は、なんとわが国から約二千キロも南に下った、太平洋のマリアナ諸島西方沖、それも一〇キロ四方という狭い海域なのだという。

二〇〇五年の調査でその産卵場所はつきとめられていたが、卵そのものは、なかなか採取できないでいた。そしてやっと二〇〇九年五月、わが国の研究チームは、世界で初めて三十一個の天然ウナギの卵を、この海域で採取することに成功したのである。海中に卵の形で漂うのはわずか一日半というから、いかに画期的な発見だったかがわかる。

ウナギの養殖は、これまで河川を遡ってくる稚魚（シラスウナギ）を捕獲して育てる方法しかなかったわけだが、この発見によって、産卵に適した水深や水温、塩分濃度などがわかり、今後の完全養殖への道が開けてくるものと期待されている。

田舎役人の名返答

自分の全く知らない文芸作品の一節が夢の中に出てくる、という不思議なことが本当にあり得るのかどうか、常識的には考えられないことだが、南宋の軼《いつ》事を記録した田汝成《でんじょせい》（明）の『西湖遊覧志余』という本に、次のような興味深い話が見える。

孝宗ノ時辞スルノレ朝ニ法甚ダ厳ニシテ、雖モ三蜀《しょく》人ノ守ルト二蜀ノ郡ヲ一、不レ遠シトセ二万里ヲ一来見ス。有リ三蜀守ノ当ニ二キモノ朝辞ス一、素《もと》ヨリ不レ能《よく》セレ文ヲ、以テ為スレ憂ヒト。

孝宗《こうそう》の時朝《ときちょう》に辞《じ》するの法甚《ほうはなは》だ厳《げん》にして、蜀人《しょくひと》の蜀《しょく》の郡《ぐん》を守《まも》ると雖《いえど》も、万《ばん》里《り》を遠《とお》しとせず来見《らいけん》す。蜀守《しょくしゅ》の当《まさ》に朝辞《ちょうじ》すべきもの有《あ》り、素《もと》より文《ぶん》を能《よ》くせず、以《もっ》て憂《うれ》ひと為《な》す。

○孝宗…南宋の皇帝（在位一一六三～八九）。○辞朝…地方官が任地に赴任するとき、皇帝に拝謁して辞令を受けること。「朝辞」も同じ。

南宋の孝宗の治世下では、地方官が任地に赴任する時に、皇帝に拝謁して辞令を受け取るしきたりが厳格に守られていて、都から遠く離れた蜀の人間が地元の蜀の郡を治める場合であっても、遠い道のりをわざわざ来朝して皇帝に拝謁しなければならなかった。ある蜀の地方官で、辞令を受け取らなければならない者がいたが、その地方官はもともと詩文に関することが苦手で、皇帝からの下問に、うまく答えられないのではないかと心配していた。

南宋の都は臨安（今の杭州）で、長江上流の蜀との距離は、おおよそ日本の本州の北端から西端までの距離と同じくらいあり、蜀の人がその間を往復するとなると、気の遠くなるような旅程である。

だが、この蜀の地方官の場合、それにもまして気掛かりなことは、詩や文章の心得がまったくなかったことだ。当時、辞令交付の際は皇帝から一言お声がかかり、それに対して詩文の知識をまじえて気の利いた返答をするのが通例だったようだ。教養のない地方官の胸中は察して余りある。

其《ノ》家素《ヨリ》事《つかフ》ニ梓《し》潼《とう》神《しんニ》一。夜夢《ゆめムルニ》神謂《ヒテ》レ之《ニ》曰《ハク》、「両辺山木合《シ》、終日子規啼《なクト》。」覚《メテ》莫《シ》レ暁《さとル》ニ其《ノ》故《ヲ》一。

其《そ》の家素《いえもと》より梓潼神《しとうしん》に事《つか》ふ。夜夢《よるゆめ》むるに神之《かみこれ》に謂《い》ひて曰《い》はく、「両辺山木合《りょうへんさんぼくがっ》し、終日子規啼《しゅうじつしきな》く」と。覚《さ》めて其《そ》の故《ゆえ》を暁《さと》る莫《な》し。

○梓潼神…蜀（今の四川省）を中心に信仰されていた神。　○子規…ほととぎす。

その地方官の家では、平素から梓潼神を信仰していた。ある夜、夢の中で梓潼神が彼

に告げて言った、

「両辺山木合し、終日子規啼く（両側から山木が迫って薄暗く、一日中ほととぎすが鳴いている）」と。

眠りから覚めて、夢の中のお告げの意味を考えても、わけがわからなかった。

蜀の土地神である梓潼神が夢に現れたのは、都に旅立つ前なのか、それとも道中だったのか、おそらく都が徐々に近づいてきて、胸中の不安がいやが上にも高まって来た道中のことだったのだろう。その夢の中のお告げの意味を、地方官は知る由もなかったが、それはなんと、杜甫の「子規」と題する、次のような詩の一節だった。


峡裏の雲安県、江楼翼瓦《よくが》斉《ひと》し。

両辺山木合し、終日子規啼く。

眇眇《びょうびょう》として春風に見え、蕭蕭《しょうしょう》として夜色《やしょく》凄《せい》たり。

客愁《かくしゅう》那《なん》ぞ此れを聴かん、故《ことさら》に人に傍《そ》ひて低《た》るるを作《な》す。


（谷間にある雲安のまち。川辺にある私の寓居の、翼のような屋根瓦は、整然と列をなしている。
家は両側から山木が被さって薄暗く、辺りでは一日中ホトトギスが鳴いている。その姿は、遠く小さく春風の中に見え、鳴き声は蕭蕭としてもの寂しく、夜の気配がいっそう冷ややかに感じられる。
旅の愁いを抱く私は、どうしてホトトギスの鳴き声に堪えられよう。なのに、わざと私の近くに低く飛んできて鳴いている。）

この五言律詩の頷聯《がんれん》「両辺山木合し、終日子規啼く」が、夢の中の梓潼神の口を突いて出て来たのである。

夢とは、所詮、脳細胞の生み出す意識現象の一つにすぎない、という科学的見地からすれば、過去のあるとき、この詩句が地方官の脳裏をかすめたことがあり、それが脳内にインプットされていたのだ、といった合理的解釈も成り立つかもしれないが、ここではあえて詮索せず、不思議なことと受け止めて、読み進めていこう。

会シテレ朝ニ対《こた》フルニ、上《しやう》問フラク、「卿《けい》ハ従《よ》リ二峡中一来タル乎《か》、風景如何ト。」守即チ以テ二前《さき》ノ両語ヲ一対フ。上首肯スルコト再三ナリ。翌日謂ヒテ二宰相ノ趙雄ニ一曰ハク、「昨《きのふ》有リ二蜀人ノ対フル者一。朕問フニ二峡中ノ風景ヲ一、彼誦シテ二杜詩ヲ一以テ対フ。三峡之景、宛《あたか》モ在リ二目中ニ一。可キレ謂フ二善ク言フモノトレ詩ヲ一也。可シトレ与フ二寺《じ》丞《じよう》・寺簿ヲ一。」

朝《ちょう》に会《かい》して対《こた》ふるに、上《しょう》問《と》ふらく、「卿《けい》は峡中《きょうちゅう》より来《き》たるか、風景如何《ふうけいいかん》」と。守《しゅ》即《すなわ》ち前《さき》の両語《りょうご》を以《もっ》て対《こた》ふ。上首肯《しょうしゅこう》すること再三《さいさん》なり。翌日宰相《よくじつさいしょう》の趙雄《ちょうゆう》に謂《い》ひて曰《い》はく、「昨《きのう》蜀人《しょくひと》の対《こた》ふる者《もの》有《あ》り。朕峡中《ちんきょうちゅう》の風景《ふうけい》を問《と》ふに、彼杜詩《かれとし》を誦《しょう》して以《もっ》て対《こた》ふ。三峡《さんきょう》の景《けい》、宛《あたか》も目中《もくちゅう》に在《あ》り。善《よ》く詩《し》を言《い》ふものと謂《い》ふべきなり。寺丞《じじょう》・寺簿《じぼ》を与《あた》ふべし」と。

○上…皇帝のこと。　○趙雄…孝宗治世下の宰相。　○杜詩…杜甫の詩。　○峡…ここでは、四川省と湖北省の境にある、長江上流の峡谷のこと。　○三峡…特に有名な三つの峡谷の総称。　○寺丞・寺簿…中央政府の役職。

朝廷での辞令交付に臨み、皇帝に拝謁すると、皇帝が尋ねた、

「そなたは、峡谷を通って来たのか。そこの風景は、どのようであったか」と。

長官は、すぐさま以前夢の中で教示された二句をもって返辞とした。皇帝は感心して、何度もうなずいた。

翌日、皇帝は宰相の趙雄に向かって言った、

「昨日、蜀の人間で拝謁する者がいた。私が長江上流の峡谷の風景を尋ねたところ、彼は杜甫の詩を引用して答えた。三峡の風景があたかも眼前に見えるかのようだった。詩に精通している者と言えよう。彼に寺丞・寺簿の職を与えるがよい」と。

皇帝の詩文に関する学識たるや、やはり大したもので、地方官が口にした漢詩の一節だけで、それが杜甫の詩だとわかったのである。地方官の方は、自分の吐いた言葉が、杜甫

の詩句であることなど知るはずもなかった。

ところで、さきに「子規」の詩の全体を示しておいたが、それでお分かりのように、「両辺山木合し、終日子規啼く」は、もともと渓流沿いにある杜甫の寓居周辺の、自然の情景を詠んだものである。この句を、峡谷を下る船から見えた三峡の風景描写として引用したわけで、その適確さと即答ぶりに、地方官はよほど詩に精通していると皇帝には思えたのである。それで、これほど教養のある者を、蜀の片田舎などに置いておくのはもったいないと思った皇帝は、彼に中央政府の役職を与えるように、宰相に指示した。

一国の政治を司る宰相としては、中央官にふさわしい人物かどうか鑑定する必要がある。そこで、地方官を吟味することにした。

雄退《キテ》レ朝《ヲ》召《シテ》問《ヒテ》レ之《ニ》曰《ハク》、「君何《ヲ》以《テ》能《ク》爾《ルト》。」守不二敢《ヘテ》隠《サ》一。

雄曰《ハク》、「吾固《ヨリ》疑《ヘリ》二君《ノ》不《ルヲ》一レ能《ハ》レ及《ブ》レ此《ニ》。若《シ》留《マレバ》レ中《ニ》、上再《ビ》問《ヒ》、敗《やぶレン》矣。不《ト》レ若《カ》二帰《リ》レ蜀《ニ》赴《クニ》一レ郡《ニ》。」

雄朝《ゆうちょう》を退《しりぞ》きて召《め》して之《これ》に問《と》ひて曰《い》はく、「君何《きみなに》を以《もっ》て能《よ》く爾《しか》る」と。守敢《しゅあ》へて隠《かく》さず。雄曰《ゆうい》はく、「吾固《われもと》より君《きみ》の此《これ》に及《およ》ぶ能《あた》はざるを疑《うたが》へり。若《も》し中《なか》に留《とど》まれば、上再《しょうふたた》び問《と》ひ、敗《やぶ》れん。蜀《しょく》に帰《かえ》り郡《ぐん》に赴《おもむ》くに若《し》かず」と。

宰相の趙雄は、皇帝の御前を退くと、地方官を呼び出して尋ねて言った、「君はどうして杜甫の詩を引用して、皇帝にお答えできたのかね」と。地方官は、夢でお告げがあったことを隠さずに語った。それを聞いた趙雄が言った、「私は最初から、君にあれほどのことはできまいと疑っていたのだ。もし君が中央に留まれば、皇帝が再びご下問になり、君は底が割れてしまうだろう。蜀に帰って、郡の地方官になった方がよかろう」と。

地方官が中央の役職につけば、皇帝と接触する機会も出てくる。そのとき、彼の教養のなさが露見して大恥をかくことになるし、悪くすれば、皇帝の機嫌を害して罪を得ることになるかも知れない。宰相はそう案じて、地方官に帰郷するように勧めたのである。

地方官としてもそれに異存はない。辞令交付の儀式を何とか切り抜けると、そそくさと都をあとにした。

他日上復《タ》問《フニ》二其《ノ》人《ヲ》一、雄対《ヘテ》曰《ハク》、「臣嘗《テ》以《テ》二聖意《ヲ》一語《つグルモ》レ之《ニ》、彼不《ト》レ願《ハ》レ留《マルヲ》。」上嘆《ジテ》曰《ハク》、「恬《てん》退《たいナルコト》乃《チ》爾《ル》、尤《モ》可《シ》レ嘉《よみス》。可《シト》レ予《あたフ》二憲節使《ヲ》一。」

（田汝成『西湖遊覧志余』）

他日上復《たじつしょうま》た其《そ》の人《ひと》を問《と》ふに、雄対《ゆうこた》へて曰《い》はく、「臣嘗《しんかつ》て聖意《せいい》を以《もつ》て之《これ》に語《つ》ぐるも、彼留《かれとど》まるを願《ねが》はず」と。上嘆《しょうたん》じて曰《い》はく、「恬退《てんたい》なること乃《すなわ》ち爾《しか》る、尤《もっと》も嘉《よみ》すべし。憲節使《けんせつし》を予《あた》ふべし」と。

○恬退…無欲で、あっさりしていること。　○憲節使…皇帝の命を受けて地方行政の監察をおこなう官職。

後日、皇帝が再びその地方官のことを尋ねると、趙雄はお答えして言った、

「私はあの時陛下のお気持ちを彼に伝えましたが、彼は中央に留まることを望みませんでした」と。

皇帝は感嘆して言った、

「それほどまでに欲がないとは、まことに賞讃に値する。憲節使に任命しよう」と。

皇帝は、自分に鮮烈な印象を与えた地方官が、中央の官職を辞退して故郷の蜀に帰ったと聞き、その恬淡無欲な人柄がますます気に入って、地方行政の監察官に任命したのである。

地方官の身の上には、このように思わぬ幸運が転がり込んできたのであるが、これもひとえに、平素から蜀の地方神である梓潼神を信仰していたおかげである。

さて、その後、地方官の運命はどうなったであろうか。さぞかし梓潼神のご加護で、順調な一生を送ったであろうと思うところだが、あに図らんや、実は原文の末尾に、次のような一文が添えられているのである。

其の後、神、功を恃《たの》めども祟《たた》りを為し、家、遂に索《ほろ》ぶ。

（その後、梓潼神は、お願い事をしても、かえって祟るようになり、ついに、その地方官の家は滅んでしまった。）

なんと、梓潼神の祟りで、その地方官の家は断絶してしまうのである。これは、いったい、どういうことなのだろうか。

私が思うに、梓潼神のおかげで、地方行政の監察官にまで出世した例の役人は、この僥《ぎょう》倖《こう》に味をしめて、その後、何かにつけてお願い事をするようになったのではなかろうか。

つまり、無欲だったからこそ、梓潼神も御利益を授けたのに、例の出来事があって以来、欲張りな人間になり下がってしまったので、その変節に怒った梓潼神が、彼の一家に祟るようになったのだろう。

馬と布団の知らせ

劉邦が紀元前二〇六年に建国した漢王朝は、紀元後八年に外戚の王莽《おうもう》が劉氏から帝位を簒奪し、新という王朝を建てたため、いったんその幕を閉じた。ところが、新は十五年ほどしか続かず、その後、劉氏一族の劉秀が漢王朝を再建した。同じ劉氏を帝に戴く王朝ではあるが、歴史学的には前漢と後漢に分けて取り扱うのがふつうである。

したがって、王朝の出来事を記録した史書も別々で、前漢時代の史書（『漢書』）は、すでに後漢時代に、班固・班昭の兄妹の手で編まれている。ところが、後漢時代の史書（『後漢書』）は、時代がずっと下って、南北朝時代に、南朝の宋の范曄《はんよう》によってようやく完成された。時代的には後漢より後の三国時代の史書（『三国志』）の方が先に成立（晋の陳寿著）するという、なんともちぐはぐなことになっている。

その『後漢書』の独行列伝に、王忳《とん》という人物の伝記が見える。「独行」とは、自分の節操や主義を堅持して俗世間の風潮に惑わされないことを言うが、そのような生き方を貫いていた王忳の身に、ある不思議な出来事が起こる。

王忳字《ハ》少林、広漢《ノ》新都《ノ》人也。忳嘗《テ》詣《いたり》京師《ニ》、於《テ》空舎《ノ》中《ニ》見一書生《ノ》疾《ミテ》困《くるシムヲ》、愍《あわれミテ》而視《ル》之《ヲ》。書生謂《ヒテ》忳《ニ》曰《ハク》、「我当《ニ》《ベキモ》到《ル》洛陽《ニ》而被《かかり》病《ニ》、命《ハ》在《リ》須《しゅ》臾《ゆニ》。腰《ノ》下《ニ》有《リ》金十斤。願《ハクハ》以《テ》相贈《ラン》。死後《ニ》乞《こフト》蔵《センコトヲ》骸《がい》骨《こつヲ》。」未《ダ》《シテ》及《バ》問《フニ》姓名《ヲ》而命絶《ユ》。忳即《チ》鬻《ひさギテ》一斤《ヲ》、営《ミ》其《ノ》殯《ひん》葬《さうヲ》、余《ノ》金《ハ》悉《ことごとク》置《ク》棺《ひつぎノ》下《ニ》。人無《シ》知《ル》者。

王忳《おうとん》字《あざな》は少林《しょうりん》、広漢《こうかん》の新都《しんと》の人《ひと》なり。忳嘗《とんかつ》て京師《けいし》に詣《いた》り、空舎《くうしゃ》の中《なか》に於《おい》て一書生《いちしょせい》の疾《や》みて困《くる》しむを見《み》、愍《あわれ》みて之《これ》を視《み》る。書生忳《しょせいとん》に謂《い》いて曰《い》はく、「我当《われまさ》に洛陽《らくよう》に到《いた》るべきも病《やまい》に被《かか》り、命《いのち》は須臾《しゅゆ》に在《あ》り。腰《こし》の下《した》に金十斤《きんじっきん》有《あ》り。願《ねが》はくは以《もっ》て相贈《あいおく》らん。死後《しご》に骸骨《がいこつ》を蔵《ぞう》せんことを乞《こ》ふ」と。未《いま》だ姓名《せいめい》を問《と》ふに及《およ》ばずして命絶《いのちた》ゆ。忳即《とんすなわ》ち一斤《いっきん》を鬻《ひさ》ぎて、其《そ》の殯葬《ひんそう》を営《いとな》み、余《あまり》の金《きん》は悉《ことごと》く棺《ひつぎ》の下《した》に置《お》く。人知《ひとし》る者無《ものな》し。

○広漢・新都・洛陽…いずれも地名。○京師…都。○書生…勉学中の青年。○須臾…わずかな時間。○鬻…売る。○殯葬…葬儀。

王忳は字を少林と言って、広漢の新都の人である。かつて都の洛陽に赴いた際に、空き家の中で病気に苦しむ一人の書生を見かけ、不憫に思って看病してやった。書生は王忳に向かって言った、

「私は洛陽に行かねばならないのに病気になってしまい、余命いくばくもありません。寝ている私の腰の下に黄金十斤があります。どうかあなたに差し上げますので、私が死んだら、私の遺骸を埋葬してほしいのです」と。

こう言うや、王忳がまだ書生の姓名を訊き終えないうちに、書生は息絶えてしまった。王忳はすぐに一斤を売って書生の葬儀を営んでやり、残りの黄金はそっくり棺の下に埋めておいた。そのことを知る者は王忳以外誰もいなかった。

後漢の都洛陽は、当時、世界的に見ても屈指の大都市で、周辺諸国は後漢の威を恐れて、競って洛陽に朝貢の使者を差し向けた。日本からも、倭の奴の国王が西暦五七年に使者を送り、光武帝から印綬を授けられたことが『後漢書』東夷伝に書かれており、実際にその印綬が、私の住む福岡市の向かい側にある志賀島から江戸時代に発見されている。

また、周辺諸国だけでなく、当時ヨーロッパを支配していたローマ帝国とも交流があり、西暦一六六年には、マルクス・アウレリウス帝の使者が、当時の中国の最南地である日南郡（今のベトナム中部）までやって来ている。

このように、まさに世界的大都市である洛陽に、当時の若者たちがさまざまの希望や志を抱いて寄り集まって行ったのは無理からぬことであった。本文中に見える書生も、そういう若者の一人だったのだろうが、無念にも旅の途中で病気になってしまう。

同じく上京の途次にあった王忳がその病気の書生と遭遇し、今わの際に書生から爾後を託され、預かった黄金の一部を使って、書生の亡骸を丁重に葬ってやった。しかも残った黄金には一切手を付けず、棺とともに埋めてやったのである。

見ず知らずの人間の後始末をちゃんとつけてやったこともさることながら、残された黄金を懐にしようと思えばできる状況にありながら、けっしてそういうことをしなかった彼の、親切で正直な行為は、紛れもなく陰徳（人知れず行う善行）と言うことができよう。

後《ニ》帰《ルコト》数年、県署《ス》二忳《ヲ》大《だい》度《トノ》亭《ノ》長《ニ》一。初《メテ》到《ル》之日、有《リ》下馬《ノ》馳《はセテ》入《リテ》二亭中《ニ》一而止《とどマル》上。其《ノ》日大《イニ》風《フキテ》飄《ひるがヘシ》二一繍《しう》被《ひヲ》一、復《タ》堕《おツ》二忳《ノ》前《ニ》一。即《チ》言《ヘバ》二之《ヲ》於県《ニ》一、県《ハ》以《テ》帰《ス》レ忳《ニ》。

後《のち》に帰《かえ》ること数年《すうねん》、県忳《けんとん》を大度《だいと》の亭《てい》の長《ちょう》に署《しょ》す。初《はじ》めて到《いた》るの日《ひ》、馬《うま》の馳《は》せて亭中《ていちゅう》に入《い》りて止《とど》まる有《あ》り。其《そ》の日大《おお》いに風《かぜ》ふきて一繍被《いちしゅうひ》を飄《ひるが》へし、復《ま》た忳《とん》の前《まえ》に堕《お》つ。即《すなわ》ち之《これ》を県に言《い》へば、県は以《もっ》て忳《とん》に帰《き》す。

○署…官に任命する。　○大度…地名。　○亭…宿場。　○繡被…刺繡を施した掛け布団。

王忳が都から帰郷して数年後、新都県は王忳を大度の宿場長に任じた。初めて赴任した日に、馬が宿場内に走り込んで来て止まった。その日は大風で、一枚の刺繡を施した掛け布団が風に煽られて、これもまた王忳の前に落ちて来た。すぐにこのことを県に届け出ると、県では持ち主がわからないので、馬と掛け布団の両方とも王忳に下げ渡した。

馬と掛け布団という取り合わせが何とも奇妙だが、この二つの物が、突然、王忳の目の前に、文字通り「降って湧いた」ように出現したのである。正直者の王忳は、そのまま自分の物とするのではなく、すぐに県令に届け出た。実は、この届け出た行為が、後々馬の持ち主から盗みの嫌疑を掛けられたときに、そうでないことを実証する重要な決め手になってくるのである。

忳後《ニ》乗《リテ》レ馬《ニ》到《ルニ》ニ雒《らく》県《けんニ》一、馬遂《ニ》奔走《シ》、牽《ひキテ》レ忳《ヲ》入《ル》ニ它《たノ》舎《ニ》一。

主人見《テ》レ之《ヲ》喜《ビテ》曰《ハク》、「今禽《とりこニスト》レ盗《ヲ》矣。」問《フ》三忳《ニ》所《ヲ》二由《よりテ》得《ル》一レ馬《ヲ》。忳具《つぶさニ》説《キ》二其《ノ》状《ヲ》一、并《あはセテ》及《ブ》二繡被《ニ》一。

忳後《とんのち》に馬《うま》に乗《の》りて雒県《らくけん》に到《いた》るに、馬遂《うまつい》に奔走《ほんそう》し、忳《とん》を牽《ひ》きて它《た》の舎《しゃ》に入《い》る。主人之《しゅじんこれ》を見《み》て喜《よろこ》びて曰《い》はく、「今盗《いまとう》を禽《とりこ》にす」と。忳《とん》に由《よ》りて馬を得《う》る所《ところ》を問《と》ふ。忳具《とんつぶさ》に其《そ》の状《じょう》を説《と》き、并《あわ》せて繡被《しゅうひ》に及《およ》ぶ。

その後、王忳がその馬に乗って雒県にやって来たところ、馬はそのまま走り続け、王忳を引きずって、とある他人の家に駆け込んだ。その家の主人はこの有様を見て喜んで言った、

「今こそ、我が家の馬を盗んだ泥棒を捕まえたぞ」と。

その主人は王忳にどうやって馬を手に入れたのか問い質した。そこで王忳は馬を手に入れた経緯を詳しく説明し、併せて繡被にも言及した。

馬の持ち主は、急に馬がいなくなったので、馬盗人にさらわれたと考えて捜していたようだ。そこへ、ひょっこり自分の馬が現れ、その馬に王忳が引きずられて来たのだから、彼を犯人だと思い込んだとしても何ら不思議ではない。

ここで、先ほども述べたように、王忳が県に正直に届け出ていたことが大きな意味を持ってくる。もし届けずにそのまま自分で馬を養っていたら、いくら馬の方から自分の所へやって来たんだと言っても、そんな都合のいい話を誰も信じはすまい。

しかし、幸いにも県に届け出ていたおかげで、所有者不詳という理由で県から下げ渡され、県という公の機関を経由することで、不正を働いていないというお墨付きを得たことになるのである。

ところで、この話は、わが国の『今昔物語集』震旦《しんたん》篇に、「宿駅の人、遺言に随ひて金《こがね》を死にし人に副《そ》へて置きたるに、徳を得たる語」と題して、日本語に翻訳されたものが収められているのだが、そこでは、宿駅の人（宿場に泊まった人、つまり王忳のこと）が自分のもとに突然現れた馬をみて、これはきっと何か事情があるのだろうと思って、自分の家で飼っていた、とある。つまり役所には届け出ていない。

そして、やがて持ち主に捜し当てられ、問い詰められた際にも、「ひとりでにやってきたのを飼っていただけだ」と悪びれる素振りもなく、また持ち主のほうでもその言を信用している。

この翻訳ものの問答は、牧歌的というか、鷹揚というか、いかにも日本的だなあと思ってしまう。中国の場合はこうはいかない。理詰めでくるから、馬のほうからのこのこ自分のところにやって来たなんて言い訳は通用しない。あくまで盗んだものでないことを実証する必要があるのである。

主人悵《ちやう》然《ぜん》タルコト良《やや》久シ。乃チ曰ハク、「被随《したが》ヒテ二旋風ニ一与レ馬倶ニ亡《うしな》フ。
卿《きみ》何ノ陰徳アリテ而致スト二此ノ二物ヲ一。」忳自《みづか》ラ念《おも》フニ有リ下葬ムルノ二書生ヲ一事上。
因《よ》リテ説キレ之ヲ、幷セテ道《い》フ下書生ノ形《けい》貌《ばう》及ビ埋ムルレ金ヲ処ヲ上。

主人《しゅじん》悵然《ちょうぜん》たること良久《ややひさ》し。乃《すなわ》ち曰《い》はく、「被旋風《ひせんぷう》に随《したが》ひて馬《うま》と倶《とも》に亡《うしな》ふ。卿《きみ》何《なん》の陰徳《いんとく》ありて此《こ》の二物《にぶつ》を致《いた》す」と。忳自《とんみずか》ら念《おも》ふに書生《しょせい》を葬《ほう》むるの事有《ことあ》り。

因《よ》りて之《これ》を説《と》き、幷《あわ》せて書生の形貌及《けいぼうおよ》び金《きん》を埋《う》むる処《ところ》を道《い》ふ。

○悵然…ぼんやりするさま。　○旋風…つむじ風。

主人は王忳の話を聞くとしばらく呆然としていたが、やがて次のように打ち明けた、「繡被はつむじ風に巻き上げられて、馬とそろって無くなっていたのです。あなたにはどんな陰徳があって、馬と繡被の二つを手に入れることになったのでしょうか」と。王忳は自らをふり返ってみて、ある書生を葬ってやったことがあったという事実に思い至った。そこでそのことを主人に話し、併せてその書生の人相、及び黄金を埋めた場所についても説明した。

さて、ここで、馬と繡被という奇妙な取り合わせが、この話の中でどういう意味を持つのか考えてみよう。

はぐれ馬が宿場内に走り込んで来て、止まった所がたまたま王忳の目の前だったということは十分ありうるわけで、この段階ではまだ偶然性の域を出ない。そこに繡被が飛んで来るとどうなるか。これもまた主人の持ち物だったわけで、馬と同じ所有者の繍被が王忳のもとに飛来してきたことによって、馬の到来も単なる偶然ではなく、王忳のところに来るべくして来たということになるのである。

そこで、主人は、自分と王忳とを結びつける何らかの接点があるのではないかと考え、王忳のこれまでの身に覚えのある善行を尋ねてみた。すると、洛陽に行く途次での話の中に、自分の息子らしき人物のことが出て来たのである。

　主人大《イニ》驚《キ》号《さけビテ》曰《ハク》、「是《レ》我《ガ》子也。姓《ハ》金名《ハ》彦《げん》。前《さきニ》往《クモ》二京師《ニ》一、不レ知《ラ》二所在《ヲ》一。何《ゾ》意《おもハン》卿乃《チ》葬《ルトハ》レ之《ヲ》。大《たい》恩《おん》久《シク》不レ報《イ》。天以《テ》レ此《レヲ》章《あきラカニスル》二卿《ノ》徳《ヲ》一耳《ト》。」

主人大《しゅじんおお》いに驚《おどろ》き号《さけ》びて曰《い》はく、「是れ我《わ》が子《こ》なり。姓《せい》は金名《きんな》は彦《げん》。前《さき》に京師《けいし》に往《ゆ》くも、所在《しょざい》を知《し》らず。何《なん》ぞ意《おも》はん卿《きみ》乃《すなわ》ち之《これ》を葬《ほうむ》るとは。大恩久《たいおんひさ》しく報《むく》いず。

天此《てんこ》れを以《もっ》て卿《きみ》の徳《とく》を章《あき》らかにするのみ」と。

主人は大いに驚いて、叫んで言った、

「それは私の息子に違いありません。姓は金、名は彦といいます。以前、都に向かったきり、所在がわからなくなったのです。あなたが、なんと息子の葬儀を営んでくださったとは、思いもよりませんでした。その大恩に私が長い間報いずにいたので、それで、天が私に成り代わって馬と繡被とをあなたのもとに届け、それをもとに私と出会うようにしむけて、あなたの隠れていた善行を明らかにしようとなさったのでしょう」と。

中国人は死者を丁重に葬ることを非常に大切なことと考えている。亡くなった親の葬式の費用を工面するために、子どもを召し使いとして売り飛ばしたり、自分自身が奴隷になったりする例が、親孝行者の話として説話の中に出てくることもある。

ここでは親ではなく息子の葬儀なわけだが、いずれにしろ、葬儀を営むということは何よりも大切なことであり、それを見ず知らずの人に取り行ってもらったというのは、この上ない恩義なのである。

忳悉《ク》以《テ》二被馬《ヲ》一還《サント》《スルモ》二之《ヲ》彦《ノ》父《ニ》一、不《シテ》レ取《ラ》又厚《ク》遺《ル》レ忳《ニ》。忳辞譲《シテ》而去《ル》。時《ニ》彦《ノ》父為《リ》二州《ノ》従事《一》。因《リテ》告《ゲテ》二新都《ノ》令《ニ》一仮《ラシメ》二忳《ニ》休息《ヲ》一、迎《フ》二彦《ノ》喪《ヲ》一。余金倶《ニ》存《ス》。忳由《リテ》レ是《ニ》顕《ハス》レ名《ヲ》。仕《ヘテ》レ郡《ニ》功曹《トナル》。

（『後漢書』独行列伝）

忳悉《とんことごと》く被馬《ひば》を以《もっ》て之《これ》を彦《げん》の父《ちち》に還《かえ》さんとするも、取《と》らずして又厚《またあつ》く忳《とん》に遺《おく》る。忳辞譲《とんじじょう》して去《さ》る。時《とき》に彦《げん》の父州《ちちしゅう》の従事《じゅうじ》たり。因《よ》りて新都《しんと》の令《れい》に告《つ》げて忳《とん》に休息《きゅうそく》を仮《か》らしめ、彦《げん》の喪《も》を迎《むか》ふ。余金倶《よきんとも》に存《そん》す。忳是《とんこれ》に由《よ》りて名《な》を顕《あら》はす。郡《ぐん》に仕《つか》へて功曹《こうそう》となる。

○従事…州の属吏（住民の中から選ばれ、当地で任命される役人）。○功曹…郡の属吏。

忳は繡被と馬をすべて彦の父に返そうとしたが、父は受け取らず、それどころか、さらに忳にもっとたくさんの贈り物をしようとした。忳は辞退して帰って行った。その頃、彦の父は州の属吏をしていた。そこで、新都の県令に頼んで忳に休暇を与えてもらい、忳と一緒に息子の彦の棺を引き取りに行った。残りの黄金は棺とともにそのままあった。忳はこの出来事以来、その名が世に知られるようになった。そして、郡に仕えて功曹となった。

人知れず徳を積む人には、必ずよい報いがあるという意味の「陰徳陽報《いんとくようほう》」という四字熟語があるが、この話の王忳の不思議な体験は、まさにその一例といえるものである。この「陰徳陽報」の語源については、拙著『十二支の四字熟語』に詳述したので、そちらをご覧願いたい。

鳥の言葉がわかる

動物と心が通じ合うということは、なにも珍しいことではない。人間と動物の共存を目指す、畑正憲さんの「ムツゴロウ動物王国」の試みを持ち出すまでもなく、犬や猫を飼っている人は、自分のペットと深く心が通じ合っていることを実感しているはずだ。

ただ、いくら気持ちが通じ合えるとは言っても、情報を言語で伝達し合えるわけではないので、せいぜい表情やしぐさ、周囲の状況などから判断できる程度の理解にとどまるのが普通である。

ところが、次の話では鳥の言葉がわかる男が出てくる。そして、鳥の話がわかったばっかりに、人殺しの罪で逮捕されてしまうのである。

公《こう》冶《や》長《ちやう》従《より》衛《ゑい》還《かへ》魯《ろ》、行至二堺上。聞鳥相《あひ》呼、往《ゆキ》清渓、食死人肉。須臾《しゆゆ》見一老《らう》嫗《おう》当道而哭《こく》。冶長問之。嫗曰、「児前日出行、于今不反《かへ》。当是已死亡。不知所在。」冶長曰、「向《さき》聞鳥相呼、往清渓、食肉。恐是嫗児也。」

公冶長衛《こうやちょうえい》より魯《ろ》に還《かえ》るに、行《ゆ》きて二堺上《にかいじょう》に至《いた》る。鳥《とり》の相呼《あいよ》びて、清渓《せいけい》に往《ゆ》き、死人《しにん》の肉《にく》を食《くら》ふを聞《き》く。須臾《しゅゆ》にして一老嫗《いちろうおう》の道《みち》に当《あた》りて哭《こく》するを見《み》る。冶《や》長之《ちょうこれ》に問《と》ふ。嫗曰《おうい》はく、「児前日出《こぜんじつい》で行きて、今《いま》に于《お》いて反《かえ》らず。当《まさ》に是《こ》れ已《すで》に死亡《しぼう》すべし。在《あ》る所《ところ》を知《し》らず」と。冶長曰《やちょうい》はく、「向《さき》に鳥《とり》の相呼《あいよ》びて、清渓《せいけい》に往《ゆ》き、肉《にく》を食《くら》ふを聞《き》く。恐《おそ》るらくは是《こ》れ嫗《おう》の児《こ》なり」と。

○公冶長…春秋時代の人。孔子の弟子。　○衛・魯…春秋時代の国名。　○堺…国境。

公冶長が衛国から魯国に帰ってくる途中、両国の国境辺りに差しかかった。すると、鳥たちがチュンチュン囀《さえず》っているのが聞こえてきた。鳥たちは、清流に行って死んだ人間の肉をついばもうじゃないか、と語り合っているようである。

しばらく行くと、一人の老女が、道なかで大声で泣いているのに出くわした。冶長が、泣いているわけを尋ねると、老女は答えて言った、

「息子が先日出かけたきり、今になっても帰って来ないんです。これじゃあ、きっと、すでに死んでいるのかもしれません。どこにいるのか、わからないのです」と。

冶長が言った、

「さきほど、鳥たちが、清流に行って死んだ人間の肉をついばもうじゃないか、と語り合っているのが聞こえました。おそらく、それがお婆さんの息子さんかも知れません」と。

公冶長は、親切心から、老女に鳥の会話の内容を教えてやったのであるが、このことが

思いもよらぬ災厄を自分の身にもたらそうとは、夢にも思わなかったに違いない。

嫗往看《キテ》、即《チ》得《ル》二其《ノ》児《ヲ》一也。已《ニ》死《セリ》。即《チ》嫗告《グ》二村司《ニ》一。村司問《フ》レ嫗《ニ》、「従《リテ》レ何《ニ》得《ルト》レ知《ルヲ》レ之《ヲ》。」嫗曰《ハク》、「見《まみ》《ユルニ》二冶長《ニ》一、道《い》《フコト》如《シト》レ此《クノ》。」村官曰《ハク》、「冶長不《レバ》レ殺《サ》レ人《ヲ》、何《ニ》縁《リテ》知《ラント》レ之《ヲ》。」因《リテ》録《シテ》二冶長《ヲ》一、付《ス》レ獄《ニ》。

嫗《おう》往《ゆ》きて看《み》るに、即《すなわ》ち其《そ》の児《こ》を得《う》るなり。已《すで》に死《し》せり。即《すなわ》ち嫗村司《おうそんし》に告《つ》ぐ。村司嫗《そんしおう》に問《と》ふ、「何《なに》に従《よ》りて之《これ》を知《し》るを得《う》る」と。嫗曰《おうい》はく、「冶長《やちょう》に見《まみ》ゆるに、道《い》ふこと此《か》くのごとし」と。村官曰《そんかんい》はく、「冶長人《やちょうひと》を殺《ころ》さざれば、何《なに》に縁《よ》りて之《これ》を知《し》らん」と。因《よ》りて冶長《やちょう》を録《ろく》して、獄《ごく》に付《ふ》す。

老女が行ってみると、すぐに息子が見つかったが、もうすでに死んでいた。老女はすぐに村役人に届け出た。村役人が老女に尋ねて言った、

「どうやって、息子さんが死んでいることがわかったんだね？」と。

老女が答えた、

「治長さんに出会ったときに、息子が清流で屍になっているかもしれないと、教えてくれたんです」と。

村役人は言った、

「治長が人殺しをしていないなら、どうやって人が死んでいることなどわかろうか」と。

そこで、治長を取り調べて、牢獄に入れた。

公冶長の言った通り、老女の息子は渓流で死体となって発見された。老女の届け出を受けた役人は、死体のありかを知っていた公冶長が犯人だろうと考え、取り調べることになった。

公冶長を犯人と疑った役人の判断は、常識的に考えれば至極まっとうなものである。ところが、公冶長は常人にはない特殊な能力を持ち合わせていたのである。

主問《フ》二治長《ニ》一、「何《ヲ》以《テ》殺《スカト》レ人《ヲ》。」治長曰《ハク》、「解《スルモ》二鳥語《ヲ》一、不《ト》レ殺《サ》レ人《ヲ》。」主曰《ハク》、「当《ニ》《シ》レ試《ミル》レ之《ヲ》。若《シ》必《ズ》解《スレバ》二鳥語《ヲ》一、便《チ》相放《タン》也。若《シ》不《レバ》レ解《セ》、当《ニ》《シト》レ令《ム》レ償《つぐなハ》レ死《ニ》。」駐《とどメテ》二治長《ヲ》一在《ルコト》レ獄《ニ》六十日《ナリ》。卒日有《リ》二雀子一。縁《リテ》二獄柵《ノ》上《ニ》一相呼《ビテ》、嘖《さく》嘖《さく》唶《じやく》唶《じやく》《タリ》。治長含《ム》レ笑《ゑみヲ》。吏啓《まうスニ》レ主《ニ》、「治長笑《フ》二雀語《ニ》一。是《レ》似《タリト》レ解《スルニ》二鳥語《ヲ》一」

主《しゅ》治長《やちょう》に問《と》ふ、「何《なに》を以《もっ》て人《ひと》を殺《ころ》すか」と。治長《やちょう》曰《い》はく、「鳥語《ちょうご》を解《かい》するも、人《ひと》を殺《ころ》さず」と。主《しゅ》曰《い》はく、「当《まさ》に之《これ》を試《こころ》みるべし。若《も》し必《かなら》ず鳥語《ちょうご》を解《かい》すれば、便《すなわ》ち相放《あいはな》たん。若《も》し解《かい》せざれば、当《まさ》に死《し》に償《つぐな》はしむべし」と。治長《やちょう》を駐《とど》めて獄《ごく》に在《あ》ること六十日《ろくじゅうにち》なり。卒日《そつじつ》雀子《じゃくし》有《あ》り。獄柵《ごくさく》の上《うえ》に縁《よ》りて相呼《あいよ》びて、嘖嘖《さくさく》唶唶《じゃくじゃく》たり。治長《やちょう》笑《えみ》を含《ふく》む。吏主《りしゅ》に啓《もう》すに、「治長《やちょう》 雀語《じゃくご》に笑《わら》ふ。是《こ》れ鳥語《ちょうご》を解《かい》するに似《に》たり」と。

○主…牢獄の長官。　○卒日…最後の日。　○嘖嘖嗺嗺…雀のさえずる声。

牢獄の長官が冶長に尋ねた、

「どうして人を殺したのか」と。

冶長が答えた、

「鳥の言っていることがわかっただけで、人は殺していません」と。

長官が言った、

「では、試してみよう。もし鳥の言葉がわかると確認できたら、すぐに釈放してやろう。だが、もしわからないことが判明したら、人殺しの罪を死によって償わせることになるぞ」と。

冶長は牢獄に六十日間留め置かれていたが、その最後の日に、雀たちが牢獄の柵の上にとまって、チュンチュンさえずり合っていた。冶長はそれを聞いて含み笑いをした。その様子を目にした監獄の役人が、長官に報告して言った、

「冶長が雀たちのさえずりを聞いて笑いました。その様子は、鳥たちの話がわかっているかのようでした」と。

公冶長は牢獄の長官に自分の特殊能力を説明して、無実であることを主張したのだが、まったく相手にしてもらえなかった。そして、留置所に入れられてしまう。だが、この役人の場合、頭ごなしに罪をかぶせるのではなく、公冶長に立証する時間を与えてくれたことは、良心的と言ってよいだろう。

六十日目にして、ようやく無実を証明できるチャンスが訪れた。雀たちが牢獄の柵の上で話を始めたのである。その話の内容が事実と合致すれば、公冶長に鳥語を解する能力が備わっていることが証明されることになる。

主教《しメテ》レ問《ハ》二冶長《ニ》一「雀何《ノ》所《ニシテ》レ道《いフ》而笑《フカト》レ之《ヲ》。」冶長曰《ハク》「雀《ノ》鳴《クコト》嘖嘖嗺嗺《タリ》。白蓮水《ノ》辺《ほとりニ》、有《リ》三車《ノ》翻二‐覆《スル》黍《しよ》粟《ぞくヲ》一。牡牛《ハ》折《リ》レ角《ヲ》、収《しう》斂《れんスルモ》不レ尽《つキ》。相呼《ビテ》往《キテ》啄《ついばマント》。」獄主未《ダ》レ信《ぜ》。遣《しムレバ》二人《ヲシテ》往《キテ》看一、果《シテ》如《シ》二其《ノ》言《ノ》一。

（皇侃《おうがん》『論語義疏』）

主治長《しゅやちょう》に問《と》はしめて、「雀何《すずめなん》の道《い》ふ所《ところ》にして之《これ》を笑《わら》ふか」と。治長曰《やちょうい》はく、「雀《すずめ》の鳴《な》くこと嘖嘖嗺嗺《さくさくじゃくじゃく》たり。白蓮水《びゃくれんすい》の辺《ほとり》に、車《くるま》の黍粟《しょぞく》を翻覆《ほんぷく》する有《あ》り。牡《お》牛《うし》は角《つの》を折《お》り、収斂《しゅうれん》するも尽《つ》きず。相呼《あいよ》びて往《ゆ》きて啄《ついば》まん」と。獄主未《ごくしゅいま》だ信《しん》ぜず。人《ひと》をして往《ゆ》きて看《み》しむれば、果《はた》して其《そ》の言《げん》のごとし。

そこで、長官が監獄の役人に指示して、治長に尋ねさせた、

「笑ったのは、雀が何を言ったからなのか」と。

治長が答えた、

「雀たちは、次のようにチュンチュン語り合っていました、

『白蓮水のほとりで、荷車が積み荷の黍《きび》と粟《あわ》をひっくり返したぞ。引っ張っていた牡牛は角を折り、荷車の持ち主はこぼれた穀物をかき集めているが、全部は集めきれないでいる。ほかの雀にも声を掛けて、これから行って一緒についばもうよ』と」と。

それを聞いた長官は、治長の言ったことがまだ信じられなかった。そこで、部下の役人を現場に赴かせて調べさせたところ、まさしく治長の言った通りだった。

公冶長が雀たちの話から聞き取ったという内容は、ひっくり返った荷車のこと、荷車を引いていた牛のこと、荷車の持ち主のことなど、微に入り細に入りで、非常に具体的である。これは雀たちの話しぶりから推測した、いわゆる状況判断に基づくものではなく、鳥語を理解していないと、とうてい得られないような情報ばかりである。

そして、公冶長の話した内容が、すべて現場の状況と一致したため、公冶長には鳥の言葉がわかることが実証されたのである。

以上の話は、南北朝の梁王朝の時代に活躍した儒学者皇侃《おうがん》の著書『論語義疏《ぎそ》』に収められている。義疏とは注釈書の意味であるから、この本は、『論語』の注釈書である。

では、この話のどこが『論語』と関係があるのかというと、この鳥語を解する不思議な男・公冶長は孔子の弟子で、しかも、その名は、『論語』の中の第五番目の篇名でもある。

その公冶長篇の冒頭に、次のような言葉がある。

子、公冶長を謂ふ、
「妻《めあ》はすべきなり。縲紲《るいせつ》の中《うち》に在りと雖《いえど》も、其の罪に非ざるなり」と。

其の子を以て之に妻はす。

（孔子は公冶長を評して言った、

「彼は嫁をもらってよい人物だ。獄中に繋がれたことはあったが、彼の罪ではなかった」と。

こう言って、自分の娘を嫁にやった。）

「縲紲」とは、罪人を黒い縄で縛ること。公冶長は黒縄で縛られたことがあった。つまり、罪人として投獄されたことがあったことが、この記述からわかる。しかし、孔子は、公冶長みずから招いた罪ではないと言って、自分の娘を公冶長に嫁がせているのである。

『論語』の中で、公冶長に関する記述はここ一箇所だけで、公冶長がなぜ投獄されたのか、この記述だけではわからない。そこで、皇侃は、『論語』のこの章を読み解く参考資料として、巷間に伝わる話を収録したのである。

公冶長は、皇侃の文章では、冶長という呼称で出てくるが、正式には、公冶までが姓で、長が名である。その公冶長は、孔子に見込まれて、その娘を嫁にもらったぐらいだから、弟子の中でもかなり立派な人物だったのだろうが、そのプロフィールはよくわかっていない。

なお、公冶長の妻、すなわち孔子の娘の名は、わかっていない。孔子ほどの人物の娘でさえも、その名が伝えられていないという、この一事からも、中国社会における女性の地位がいかに低かったかが想像できよう。

盗みにまつわる話

盗人を見分ける名人

法務省から毎年出される犯罪白書をみると、刑法犯の七割以上が窃盗犯である。最近は「おれおれ詐欺」に代表される、情報機器を使った知能犯の類が増えて来て、その割合は減少傾向にあるが、それでも犯罪の中の大部分が窃盗であることに変わりはない。

「衣食足りて栄辱を知る」(『管子』)という言葉もあるように、経済状態の如何が、犯罪の発生と関係があることは否定し難い事実である。とりわけ、生産力の低かった昔は、自然の災害や気候の不順などで飢饉に陥ることが多く、それが泥棒を生みだす原因にもなっていたようだ。

次の『列子』説符篇にある話は、その泥棒対策に関する話である。

晋国苦《シム》レ盗《ニ》。有《リ》二郄《げき》雍《ようナル》者一、能《ク》視二盗之貌《ヲ》一、察《みテ》二其《ノ》眉睫之間《ヲ》一而得二其《ノ》情《ヲ》一。晋侯使《ムルニ》レ視レ盗《ヲ》、千百《ニ》無《シ》レ遺《ス》レ一《ヲモ》焉。

晋国《しんこく》盗《とう》に苦《くる》しむ。郄雍《げきよう》なる者有《ものあ》り、能《よ》く盗《とう》の貌《かたち》を視《み》、其《そ》の眉睫《びしょう》の間《かん》を察《み》て其《そ》の情《じょう》を得《う》。晋侯《しんこう》盗《とう》を視《み》しむるに、千百《せんひゃく》に一《いつ》をも遺《のこ》す無《な》し。

○晋…春秋時代の国名。　○眉睫之間…眉《まゆ》と睫《まつげ》の間。目つき。

春秋時代の晋の国は泥棒が多くて苦しんでいた。その頃、郄雍という者がいて、泥棒の容貌を見分け、その目つきを観察して、泥棒かどうかを見極めることができた。そこで晋侯は、この男に人を見て泥棒かどうかを判別させたところ、何百回やらせても一回の見落としもなかった。

「目は心の窓」などと言うように、心の中の諸々の思いは目に表れることが多い。なかでも邪心は鋭い目つきとなって表れるもので、指名手配中の犯人の写真を眺めて、目つきの悪さから、さもありなんと納得することがよくある。

さて、郄雍という人物は、「目つき」から人の善悪を判断する人物鑑定が得意だったという。窃盗犯に苦しむ晋の王さまは、彼の特技に目を付け、彼を召し抱えて泥棒退治に乗り出したところ、効果は抜群で、国内から泥棒が一掃されようとしていた。

晋侯大《イニ》喜《ビ》、告《ゲテ》二趙文子《ニ》一曰《ハク》、「吾得《テ》二一人《ヲ》一、而一国《ノ》盗為《ニ》尽《キントス》矣。奚《ゾ》用《フルヲ》レ多《クヲ》為《サント》。」文子曰《ハク》、「吾《ガ》君恃《ミテ》二伺察《ヲ》一而得《ルトモ》レ盗《ヲ》、盗不レ尽《キ》矣。且《ツ》郄雍《ハ》必《ズ》不レ得《ラント》二其《ノ》死《ヲ》一焉。」

晋侯《しんこう》大《おお》いに喜《よろこ》び、趙文子《ちょうぶんし》に告《つ》げて曰《い》はく、「吾一人《われいちにん》を得《え》て一国《いっこく》の盗為《とうため》に尽《つ》きんとす。奚《なん》ぞ多《おお》くを用《もち》ふるを為《な》さん」と。文子《ぶんし》曰《い》はく、「吾《わ》が君伺察《きみしさつ》を恃《たの》みて盗《とう》を得《う》るとも、盗《とう》尽《つ》きず。且《か》つ郄雍《げきよう》は必《かなら》ず其《そ》の死《し》を得《え》ざらん」と。

晋侯は大いに喜んで、大夫の趙文子に語って言った、

「私は一人の人物を見出した。そのおかげで国中の泥棒がいなくなろうとしている。どうして多くの人の手を煩わす必要があろうか」と。

文子は、それに応えて言った、

「殿さまが郄雍の観察眼を頼りに泥棒をつかまえても、泥棒がいなくなることはないでしょう。それに、郄雍は、きっとまともな死に方はしませんよ」と。

郄雍の働きに気を良くした王さまは、これで泥棒対策は万全と思い込み、治安に携わる役人など要らないとまで言い出した。

しかし、大夫の趙文子はそれに異を唱える。郄雍一人の能力など高が知れている。それに、泥棒の方でも黙って見ているはずはないと言うのである。

不幸にも、趙文子のこの予見は当たってしまう。

俄《ニシテ》而群盗謀《リテ》曰《ハク》、「吾《ガ》所《ノ》レ窮《スル》者《ハ》、郄雍也《ト》。」遂《ニ》共《ニ》盗《ミテ》而残《ころス》レ之《ヲ》。晋侯聞《キテ》而大駭《イニおどろキ》、立《チドコロニ》召《シテ》二文子《ヲ》一而告《ゲテ》レ之《ニ》曰《ハク》、「果《シテ》如《シ》二子《ノ》言《ノ》一、郄雍死《セリ》矣。然《ラバ》取《ルニ》レ盗《ヲ》何《ノ》方《カアルト》。」

俄《にわか》にして群盗謀《ぐんとうはか》りて曰《い》はく、「吾《わ》が窮《きゅう》する所《ところ》の者《もの》は、郄雍《げきよう》なり」と。遂《つい》に共《とも》に盗《ぬす》みて之《これ》を残《ころ》す。晋侯聞《しんこうき》きて大《おお》いに駭《おどろ》き、立《た》ちどころに文子《ぶんし》を召《め》して之《これ》に告《つ》げて曰《い》はく、「果《はた》して子《し》の言《げん》のごとし、郄雍死《げきようし》せり。然《しか》らば盗《とう》を取《と》るに何《なん》の方《ほう》かある」と。

ほどなく、泥棒たちは相談して言った、「俺たちがこんなひどい目に合わされるのは、あの郄雍のせいだ」と。こうして、泥棒たちは一緒になって郄雍を拉致し、殺してしまった。晋侯はそれを聞いて大いに驚き、すぐに趙文子を呼び出して、相談して言った、

「やっぱり、そなたの言った通りになった。郄雍は死んでしまった。では、泥棒を捕えるのにどんな方法があるのか」と。

泥棒たちは、邪魔者の郄雍を殺して延命を図るという荒っぽい手を打ってきたのである。郄雍一人に頼っていた泥棒対策は暗礁に乗り上げ、王は趙文子に助け舟を求めた。そこで、趙文子は次のような助言を行った。

文子曰ハク、「周ノ諺ニ有レリ言フ、察ニシテ見二ル淵魚一ヲ者ハ不祥ナリ、智ニシテ料二ル隠匿一ヲ者ハ有レリト殃《わざは》ヒ。且ツ君欲レセバ無レカラント盗、莫レシ若二クハ挙レゲテ賢ヲ而任一レズルニ之ニ。使下メバ教ヲシテ明二ラカニ於上一ニ、化ヲシテ行二ナハレテ於下一ニ、民ヲシテ有中ラ恥ヅル心上、則チ何ノ盗ヲカ之レ為サント。」於レテ是ニ用二ヒテ随会一ヲ知《つかさど》レラシメシニ政ヲ、而群盗奔レレリ秦ニ焉。(『列子』説符)

文子《ぶんし》曰《い》はく、周《しゅう》の諺《ことわざ》に言《い》ふ有《あ》り、『察《さつ》にして淵魚《えんぎょ》を見《み》る者《もの》は不祥《ふしょう》なり、智《ち》にして隠匿《いんとく》を料《はか》る者《もの》は殃《わざわ》ひ有《あ》り』と。且《か》つ君盗無《きみとうな》からんと欲《ほっ》せば、賢《けん》を挙《あ》げて之《これ》に任《にん》ずるに若《し》くは莫《な》し。教《きょう》をして上《かみ》に明《あき》らかに、化《か》をして下《しも》に行《おこ》なはれて、民《たみ》をして恥《は》づる心有《こころあ》らしめば、則《すなわ》ち何《なん》の盗《とう》をか之《こ》れ為《な》さん」と。是《ここ》に於《おい》て随会《ずいかい》を用《もち》ひて政《まつりごと》を知《つかさど》らしめしに、群盗秦《ぐんとうしん》に奔《はし》れり。

○察見…目を利かせて見つける。　○智料…知恵を働かせて推しはかる。

文子が言った、

「周の国に次のような諺があります、『目が利いて、淵に潜む魚を見る人は不吉だ。知恵が働いて、人の隠し事を推しはかる人は災難にあう』と。（ですから、郄雍が殺されたのも、無理からぬことだったのです。）どうしても殿が泥棒を一掃しようとお思いなら、賢者を登用して、その人に政治を任せるのが一番です。賢い為政者から民へ教訓が明示されて、民に対する教化が行われ、民が己の不善を恥じる気持ちを持つようになれば、どうして盗みなど働くでしょうか」と。

そこで、晋侯は、随会を登用して政治を行わせたところ、泥棒たちは、秦の国へと逃げて行った。

ここに見える周の諺は、「人の秘密を見透かすほどの鋭敏さは、却って災いを招く」というほどの意味であるが、春秋時代には、すでに広く諸国に流布していた諺だったようで、『韓非子《かんぴし》』に見える次の斉国の話にも、この諺が登場する。

春秋時代の斉国での話。隰斯弥《しゅうしび》が、近所に住む実力者の田成子《でんせいし》に会いに行った。二人で高台に登って四方を眺望した際、三方は見渡せたが、南方の眺望は隰氏の家の樹木が邪魔をしていた。田氏はそれについて何も言わなかったが、隰氏には田氏の不満な気持ちが見通せた。

隰氏は帰宅すると、さっそく使用人に樹木を切らせたが、途中で突然、切るのを止めさせた。家老があきれて、そのわけを尋ねると、隰氏が答えて言った、

「『深淵に潜む魚を見る者は不吉だ』という古い諺がある。いま田子は、君主を殺すクーデターを密かに計画している模様だ。そういうときに、私が家の樹を切ったら、高台に登っ

た時、田子の心の内を見透かしたことを、田子に知られてしまうではないか。わたしが田子の心の内を知っている気配を示せば、わたしの身はきっと危うくなるだろう」と。(『韓非子』説林上)

田成子は結局クーデターに成功して、時の斉の君主簡公を殺し、自分の言いなりになる平公を立てて、国政の実権を掌握する。そして、彼の孫の代には、ついに姜《きょう》姓呂氏の王を廃して、田氏が斉の王位に就いたのである。

田氏の眺望への不満を知りながら、あえて樹木を伐採しなかった隰氏が、事なきを得たのは言うまでもない。

この隰氏とちがって、あの郄雍は自分の能力をアピールし、鋭敏な観察眼を惜しみなく発揮したがゆえに、泥棒から殺されてしまった。そして、一個人の能力に頼っていた晋侯の政策も、同時に行き詰まってしまったのである。

趙文子は、泥棒を退治することで国内の治安を図るという、いわば対症療法的なやり方には限界があるとして、国の政治そのものの健全化を図ることを提案する。

晋侯が、その提言に基づいて、賢者を登用して善政を布き、道徳心の向上を図ったところ、悪人はいたたまれなくなってよその国に逃げて行き、国内は治安を取り戻すことができたのである。

この話は、犯罪を減らすためには、犯罪者の検挙率を上げるだけでは根本的解決にはならず、人々の生活を安定させるとともに、精神的な面での教化・徳化も欠かせないことを物語っている。

「盗み」の意味の取り違え

「盗み」とは、他者のものを勝手に自分のものにする行為のことである。そう定義すると、「盗み」に相当する行為は、おそらく人間が地球上に存在し始めた当初からあったにちがいなかろうが、人間が自己と他者を区別して認識するようになり、「所有」という概念が生まれてきてはじめて、それを侵犯する行為として「盗み」というものが意識化され、罪という影を負うようになったのだろう。

さて、次に紹介する話は、この「盗み」の定義について、改めて考えさせる内容のものである。出典は、前章と同じ『列子』で、その天瑞篇に収められている。

斉之国《こく》氏大《イニ》富《ミ》、宋之向《しやう》氏大《イニ》貧《ナリ》。自《リ》レ宋之《キ》レ斉《ニ》、請フ二其ノ術ヲ一。国氏告ゲテレ之ニ曰ハク、「吾善ク為スレ盗ヲ。始メ吾為スレ盗ヲ也、一年ニシテ而給シ、二年ニシテ而足リ、三年ニシテ大イニ壤《ゆたか》ナリ。自リレ此以往、施シテ及ブ二州閭ニ一。」

斉《せい》の国氏《こくし》大《おお》いに富《と》み、宋《そう》の向氏《しょうし》大《おお》いに貧《ひん》なり。宋《そう》より斉《せい》に之《ゆ》き、其《そ》の術《じゅつ》を請《こ》ふ。国氏《こくし》之《これ》に告《つ》げて曰《い》はく、「吾《われ》善《よ》く盗《とう》を為《な》す。始《はじ》め吾《われ》盗《とう》を為《な》すや、一年《いちねん》にして給《きゅう》し、二年《にねん》にして足《た》り、三年《さんねん》にして大《おお》いに壤《ゆたか》なり。此《これ》より以往《いおう》、施《ほどこ》して州《しゅう》閭《りょ》に及《およ》ぶ」と。

○斉・宋…春秋戦国時代の国名。　○州閭…付近の村里。

斉の国氏は大金持ちで、宋の向氏はたいへん貧乏であった。そこで、向氏は宋から斉へ行き、金持ちになる方法を教えてほしいと国氏に頼んだ。すると、国氏は向氏に告げて言った、

「私は盗むのがうまかったのだ。私が盗みを始めた頃は、一年で必要なものが賄《まかな》えるようになり、二年で満ち足りた生活ができるようになり、三年でたいへん裕福になった。それ以後は、付近の村里にまで施しをするようになった」と。

国氏は、自分が大金持ちになれたのは盗みがうまかったからだ、と向氏に教えてやった。ただ、国氏がここで使った「盗み」という言葉は、通常の意味とはちがった意味を含んでいた。しかし、そんなこととはつゆ知らず、国氏の話を真に受けた向氏は、とんだ間違いをしでかすことになる。

向氏大《イニ》喜《ブモ》、喩《リテ》其《ノ》為《ス》盗《ヲ》之言《ヲ》、而不喩《ラ》其《ノ》為《ス》盗《ヲ》之道《ヲ》。遂《ニ》踰《こエ》垣《ヲ》鑿《うがチ》室《ヲ》、手目《ノ》所及《ブ》、無《シ》不《ル》探《ラ》也。未《ダ》《シテ》及《バ》時《ニ》、以《テ》贓《ざうヲ》獲罪《ヲ》、没《ス》其《ノ》先居之財《ヲ》。

向氏《しょうし》大《おお》いに喜《よろこ》ぶも、其《そ》の盗《とう》を為《な》すの言《げん》を喩《さと》りて、其《そ》の盗《とう》を為《な》すの道《みち》を喩《さと》らず。

遂《つい》に垣《かき》を踰《こ》え室《しつ》を鑿《うが》ち、手目《しゅもく》の及《およ》ぶ所《ところ》、探《さぐ》らざる無《な》し。未《いま》だ時《とき》に及《およ》ばずして、贓《ぞう》を以《もっ》て罪《つみ》を獲《え》、其《そ》の先居《せんきょ》の財《ざい》を没《ぼっ》す。

○時…春夏秋冬の各一季のこと。一季は三ケ月。○贓…盗んだ品物。○先居之財…「居」は蓄積の意。祖先以来蓄積してきた財産。

この話を聞いて、向氏は大いに喜んだが、盗みをして裕福になったという話だけを理解して、どのように盗んだのか、その方法については理解していなかった。

かくて向氏は、垣根を乗り越え、部屋の壁に穴を開け、手の届くもの、目に触れるもので金目のものはすべて盗んだ。ところが、まだ三ケ月もたたないうちに、盗んだ品物が発覚して罰せられ、祖先以来蓄積してきた財産まで失くしてしまった。

国氏も罪作りな人である。ちゃんと自分のいう「盗み」の意味を、向氏に解説しておいたらよかったものを、向氏はふつうの意味の「盗み」だと早合点して、せっせと「盗み」に励んだ結果、元も子も失くしてしまったのである。

向氏以テ二国氏之謬《あざむ》クヲレ己ヲ也、往《ゆ》キテ而怨ムレ之ヲ。国氏曰ハク、「若《なんぢ》為スコトレ盗ヲ若何ト。」向氏言フ二其ノ状ヲ一。国氏曰ハク、「嘻《ああ》、若失フコト二為スレ盗ヲ之道ヲ一至レルカレ此ニ乎。今将ニレ告ゲントレ若ニ矣。

向氏国氏《しょうしこくし》の己《おのれ》を謬《あざむ》くを以《もっ》て、往《ゆ》きて之《これ》を怨《うら》む。国氏曰《こくしい》はく、「若盗《なんじとう》を為《な》すこと若何《いかん》」と。向氏《しょうし》其《そ》の状《じょう》を言《い》ふ。国氏曰《こくしい》はく、「嘻《ああ》、若盗《なんじとう》を為《な》すの道《みち》を失《うしな》ふこと此《ここ》に至《いた》れるか。今将《いままさ》に若《なんじ》に告《つ》げんとす。


向氏は国氏が自分をだましたと思って、国氏の所へ行って恨み言を言った。すると国氏が言った、

「お前さんは、どんな方法で盗みをしたのか」と。

向氏は自分が盗みをしたときの有様を話した。それを聞いた国氏が言った、

「ああ、お前さんはそこまで盗みをする方法を間違えていたのか。じゃあ、これから

お前さんに本当の盗みについて話してやろう。

ここではじめて、国氏は自分の行った「盗み」について向氏に説明し始めた。それは、向氏にとっては、まったく思いがけない内容であった。

吾聞《ク》、天《ニ》有《リ》レ時、地《ニ》有《リト》レ利。吾《ハ》盗《ムモノナリ》二天地之時利《ヲ》一。雲雨之滂《はう》潤《じゆん》、山沢之産育、以《テ》生《ジ》二吾《ガ》禾《いねヲ》一殖《ふやシ》二吾《ガ》稼《みのりヲ》一、築《キ》二吾《ガ》垣《ヲ》一建《ツ》二吾《ガ》舎《ヲ》一。陸《ニハ》盗《ミ》二禽獣《ヲ》一、水《ニハ》盗《ム》二魚《ぎよ》鼈《べつヲ》一。無《シ》レ非《ザルハ》レ盗《ムニ》也。

吾《われ》聞《き》く、『天《てん》に時《とき》有《あ》り、地《ち》に利《り》有《あ》り』と。吾《われ》は天地《てんち》の時利《じり》を盗《ぬす》むものなり。雲雨《うんう》の滂潤《ほうじゆん》、山沢《さんたく》の産育《さんいく》、以《もつ》て吾《わ》が禾《いね》を生《しよう》じ吾《わ》が稼《みのり》を殖《ふや》し、吾《わ》が垣《かき》を築《きず》き吾《わ》が舎《しや》を建《た》つ。陸《りく》には禽獣《きんじゆう》を盗《ぬす》み、水《みず》には魚鼈《ぎよべつ》を盗《ぬす》む、盗《ぬす》むに非《あら》ざるは無《な》し。

○利…資源。物産。　○滂潤…水資源を豊かに供給すること。　○魚鼈…魚やスッポンなどの水生動物。

私は次のように聞いている、

『天には良い季節があり、地には良い物産がある』と。

私は天の季節や、地の物産を盗んだのだ。雲や雨は、水資源を豊かに供給し、山や沢は生み育てる。それらを利用して、稲を育て、実りを増やし、垣根を築き、家を建てた。陸では鳥や獣を盗み、水中では魚やスッポンなどの水生動物を盗んだ。これらはすべて天地自然から盗みとったものだ。

国氏の富は、すべて天地自然の恵みを盗みとったものだったのだ。自然にあるものとはいえ、自分のものでない物を、誰にも断りなく取ったり利用したりしているわけだから、国氏の行為は、やはり「盗み」の一種だと言えよう。

では、いったいどこが、犯罪としての「盗み」と違うのだろうか。

夫《そレ》禾《か》稼《か》土木、禽獣魚鼈《ハ》、皆天之所《ニシテ》レ生《ズル》、豈《ニ》吾之所《ナランヤ》レ有《スル》。然《レドモ》吾《ハ》盗《ンデ》レ天《ニ》而無《シ》レ殃《わざはひ》。夫《レ》金玉珍宝、穀帛《はく》財貨《ハ》、人之所《ニシテ》レ聚《あつムル》、豈《ニ》天之所《ナランヤ》レ与《フル》。若盗《ンデ》レ之《ヲ》而獲《タリ》レ罪《ヲ》。孰《ヲカ》怨《マン》哉《ヤト》。」

（『列子』天瑞）

夫《そ》れ禾稼《かか》土木《どぼく》、禽獣魚鼈《きんじゅうぎょべつ》は、皆天《みなてん》の生《しょう》ずる所《ところ》にして、豈《あ》に吾《われ》の有《ゆう》する所《ところ》ならんや。然《しか》れども吾《われ》は天《てん》に盗《ぬす》んで殃《わざわい》無《な》し。夫《そ》れ金玉珍宝《きんぎょくちんぽう》、穀帛財貨《こくはくざいか》は、人《ひと》の聚《あつ》むる所《ところ》にして、豈《あ》に天《てん》の与《あた》ふる所《ところ》ならんや。若之《なんじこれ》を盗《ぬす》んで罪《つみ》を獲《え》たり。孰《たれ》をか怨《うら》まんや」と。

○禾稼…稲と穀物。　○帛…絹の織物。

そもそも、稲や穀物、土や木、鳥や獣、魚やスッポンなどは、みな天が生み出したものであって、どうして自分の所有物であろうか。しかしながら、私たちがこれらのものを天から盗んでも、咎められることはない。

一方、金玉、珍宝、穀物、絹織物、財貨は、人が集め蓄えたものであって、どうして天が与えてくれたものであろうか。ところが、お前さんは人の所有物を盗んで罪を犯してしまった。それで誰を恨もうというのか、誰も恨むことはできないぞ」と。

人の所有物を盗んだら罪になるというのはわかるが、ではなぜ、自然にあるものを盗んでも罪にはならないのだろうか。それは、自然の物の所有者が天であるからである。天は、植物や動物だけでなく、私たち人間をも生み出し包括している。つまり、天と人（私）との間には、包括する者とされる者という親密な関係が成り立っている。

このいわば親子関係にもなぞらえられる親密な間柄から、「天のものは私のもの」という命題も、なんら矛盾なく出てくるのである。なぜなら、親のものを盗んでも、それは犯罪には当たらないのだから。

こういうわけで、自然から盗んだ国氏の行為は罪にはならず、人のものを盗んだ向氏は罪を得て罰せられたのである。

牛泥棒の悔恨

『三国志』については、すでに「頓知の利いた話」の編で簡単に言及したが、二十四ある中国の正史の一つに数えられるだけあって、著者の陳寿は、記述するに当たって、多くの参考資料の中から、事実として検証に耐え得るものだけを選び出し、粉飾を排して簡潔に記すという態度を貫いている。

したがって、史書としては高い評価を得ているものの、記述が簡略すぎるとか、面白味に欠けるとかいった批判もあった。

そこで、南朝宋の裴松之《はいしょうし》は、採用されずに残されていた膨大な資料の中から、その真偽のほどは別にして、これはと思うものを片端から拾い上げ、正史を補う注釈書を編集した。これが、いわゆる「裴松之注」なるもので、そこに引用された参考文献は、実に二百数十種にのぼるといわれている。

当然、その引用文献の中には、眉唾ものや、正史の本文の記述と食い違うものもあるわけだが、その分、読み物としては正史より格段に面白く、これが後々、『三国志演義』（明の羅貫中作）の種本になったと言われている。

さて、『三国志』魏書・管寧伝の「裴松之注」に、次のような、泥棒にまつわる話が見える。

有《リ》二盗《ム》レ牛《ヲ》者一、牛主得レ之《これヲ》。盗者曰《ハク》、「我邂《かい》逅《こう》迷惑《ス》。従《より》レ今已《い》後《ご》将《ニ》レ為《なサント》レ改《ムルヲ》レ過《ヲ》。子既《ニ》已《すでニ》赦《しや》宥《いうス》。幸《ハクハ》無《カレト》レ使《ムルコト》二王烈《ヲシテ》聞《カ》一レ之《ヲ》。」

牛《うし》を盗《ぬす》む者《もの》有《あ》り、牛主之《ぎゅうしゅこれ》を得《う》。盗者曰《とうしゃい》はく、「我邂逅迷惑《われかいこうめいわく》す。今《いま》より已後将《いごまさ》に過《あやまち》を改《あらた》むるを為《な》さんとす。子既《しすで》に已《すで》に赦宥《しゃゆう》す。幸《ねが》はくは王烈《おうれつ》をして之《これ》を聞《き》かしむること無《な》かれ」と。

○邂逅迷惑…ふとしたはずみで心に迷いが生じる。　○赦宥…罪をゆるす。

牛を盗んだ者がいた。飼い主がその泥棒を捕まえた。泥棒が謝って言った、「ほんの出来心で盗んでしまいました。これからは心を入れ替えたいと思います。あなたはこうして私の罪を許して下さいましたが、どうかこのことは、王烈さまの耳には入れないでいただきたい」と。

牛泥棒がつかまり、持ち主に謝罪するのだが、そのとき、奇妙なことを口にする。王烈様には、このことを黙っていてほしいと言うのだ。

王烈は後漢末の名士で、すぐれた見識と道徳を兼ね備え、義を重んじる人物であったと言われている。飢饉の際には、私財を擲《なげう》って郷里の者を助けたというエピソードもある。董卓《とうたく》が都にのぼり実権を握ると、王烈は仲間と共に東のはずれの遼東地方に難を避けた。その後は商人に身をやつして暮らしていたが、市場で不正な掛け値をしないように人々を導くなど、教化にも努め、当地の人々から大いに慕われた。

その声望を耳にした曹操は、何度も彼を招聘しようとしたが、そのたびに口実を設けて士官せず、そのまま遼東の田舎で生涯を終えた。牛泥棒は、そういう立派な人物に自分の恥を晒《さら》したくなかったのだろう。泥棒といえども、まだ自尊心があったと言うべきか。

人有《リ》以《もつテ》告《グル》烈《ニ》者。烈以《テ》布一端《ヲ》遺《おくル》之《ニ》。或《あるヒト》問《フ》「此《こノ》人既《ニ》為《シ》盗《ヲ》、畏《おそルルニ》君《ノ》聞《クヲ》之《ヲ》、反《リテ》与《ヘタルハ》之《ニ》布《ヲ》、何《ゾ》也《やト》。」

人《ひと》以《もつ》て烈《れつ》に告《つ》ぐる者《もの》有《あ》り。烈布一端《れつぬののいったん》を以《もつ》て之《これ》に遺《おく》る。或《ある》ひと問《と》ふ、「此《こ》の人《ひと》既《すで》に盗《とう》を為《な》し、君《きみ》の之《これ》を聞《き》くを畏《おそ》るるに、反《かえ》りて之《これ》に布《ぬの》を与《あた》へたるは、何《なん》ぞや」と。

○端…布の長さの単位。

ところが、この一件を王烈に話して聞かせた者がいた。すると、王烈は布一端をこの泥棒に贈った。ある人が不思議に思って、王烈に問いただした、

「この男は盗みを働いた後で、あなたに知られるのを極度に恐れていました。それなのに、却ってこの男に布を与えたのは、どういうわけですか」と。

この出来事が王烈の知るところとなった。道義を重んじる王烈のことだから、さぞやこの牛泥棒をきつく叱るかと思いきや、かえって褒美を贈ったのである。

王烈のこの意表を突く対応は、いったいどういう考えから出て来たのだろうか。

列曰《ハク》「昔秦《しんノ》穆《ぼく》公《こう》、人盗《ミテ》二其《そノ》駿《しゅん》馬《めヲ》一食《フニ》レ之《ヲ》、乃《すなはチ》賜《フ》二之《ニ》酒《ヲ》一。盗者不《シテ》レ愛《をシマ》二其《ノ》死《ヲ》一、以《テ》救《フ》二穆公之難《ヲ》一。

烈《れつ》曰《い》はく、「昔《むかし》秦《しん》の穆公《ぼくこう》、人《ひと》其《そ》の駿馬《しゅんめ》を盗《ぬす》みて之《これ》を食《くら》ふに、乃《すなわ》ち之《これ》に酒《さけ》を賜《たま》ふ。盗者《とうしゃ》其《そ》の死《し》を愛《お》しまずして、以《もつ》て穆公《ぼくこう》の難《なん》を救《すく》ふ。

○穆公…春秋時代の秦の君主。

王烈が答えて言った、

「昔、秦の穆公は、ある者たちが穆公の駿馬を盗んでその馬を食べてしまったとき、罰するどころか、なんとその者たちに酒を賜《たまわ》った。この処置に感激した馬泥棒たちは、己の命も惜しまず穆公を災難から救ったということである。

この穆公の逸話は、『呂氏春秋《りょししゅんじゅう》』仲秋紀・愛士篇、『淮南子』氾論訓、『史記』秦本紀、『韓詩外伝』などに見える。いま、『史記』秦本紀の記事から引用して、この事件のあらましを示そう。

秦の穆公が、あるとき自分の駿馬を逃がしてしまった。岐山の麓の野人たちが、その駿馬を捕まえて食べてしまった。馬の後を追って来た役人がその事実を知り、馬を食べた三百余人を法によって処罰しようとした。そのとき穆公が言った、

「君子は家畜を殺されたからといって、そのことで人を害したりはしないものだ。それに、

駿馬の肉を食べたら、酒を飲まないと、身体に悪いとも聞いておる」と。

こう言って、彼らに酒まで振る舞ってやり、その罪を許してやった。

その後、野人たちは、秦が晋を討つと聞いて従軍を志願し、韓原の戦い（前六四五年）で穆公が晋軍に包囲されると、皆、鋒を構えて敵陣に突進して穆公の窮地を救い、かつての恩に報いたのであった。


史書にはこのように見え、『淮南子』などはこの穆公の逸話から、「隠れた善行は、いつかは目に見える善い報いを受けるものだ」という「陰徳陽報」の教訓を導いている。

しかしながら、王烈が穆公の故事を持ち出したのは、自分の行為が「陰徳陽報」を倣ったものであると主張したかったからではない。穆公の馬を勝手に食べてしまった野人たちが、自分たちの罪を反省して、その償いをしたという点に注目したかったからである。

王烈の発言は、次のように続く。


今此盗人能悔其過、懼《おそ》吾《われ》聞之、是《これ》知恥悪。

知レバレ恥ヅルヲレ悪ヲ、則《すなは》チ善心将ニレ生ゼント。故ニ与ヘテレ布ヲ勧ムルレ為スヲレ善ヲ也ト。」

（『三国志』魏書・管寧伝・裴松之注）

今此《いまこ》の盗人《とうじん》能《よ》く其《そ》の過《あやまち》を悔《く》い、吾《われ》の之《これ》を聞《き》くを懼《おそ》るるは、是《こ》れ悪《あく》を恥《は》づるを知《し》ればなり。悪《あく》を恥《は》づるを知《し》れば、則《すなわ》ち善心将《ぜんしんまさ》に生《しょう》ぜんとす。故《ゆえ》に布《ぬの》を与《あた》へて善《ぜん》を為《な》すを勧《すす》むるなり」と。

さて今、この牛泥棒が自分の過ちを後悔し、私に知られることを恐れたのは、悪行を恥じることを知っていたからである。悪行を恥じることを知っていれば、善良な心も生まれてくるだろう。だから、布を与えて、善を行うように勧めたのである」と。

この王烈の考えには、明らかに孟子《もうし》の性善説の影響がみられる。『孟子』公孫丑《こうそんちゅう》章句上に、次のような言葉がある。

惻隠《そくいん》の心は仁の端《はじめ》なり。羞悪《しゅうお》の心は義の端なり。辞譲の心は礼の端なり。是非の心は智の端なり。

（憐れみの心は仁の萌《きざ》しであり、悪を恥じ憎む心は義の萌しであり、譲る心は礼の萌しであり、善悪を見分ける心は智の萌しである。）

孟子は、人間には本来これら四つの徳の萌し（四端）が備わっていて、この四端を養い育てることで、仁・義・礼・智の四徳を実現できると説いた。このように、孟子は人間の本性を善とみなし、その善性の信頼の上に立って、己の思想を構築して行ったのである。

王烈が牛泥棒に布一端を贈ったのは、その泥棒に「羞悪の心」があるのを見て取ったからにほかならない。その心は善良な心へと通じるのであるから、褒美を与えることで、善良への道を奨励しようと考えたのである。

ところで、この王烈が師と仰いだのが、『後漢書』にもその伝記がある陳寔《しょく》という人物である。

陳寔は徳行の人として知られていて、何か争い事があると、当事者たちは陳寔に判断を仰ぐのが常だった。そして、たとえ自分に不利な判断が下されても、陳寔さまの言うことだからといって、素直に受け入れたという。

この陳寔の名を不朽のものにしているのは、「梁上《りょうじょう》の君子」という故事である。これについては、拙著『十二支の四字熟語』（大修館書店）で既述しているが、重複を恐れずに、ごくかいつまんで説明しておこう。

ある晩、陳寔が梁《はり》の上の泥棒に気付き、やおら子や孫を呼んで、人は根っから悪人なのではなく、習い性となって悪人になるのだ、梁の上の君子がそのいい例だ、と諭したところ、泥棒が梁から下りて謝罪したという。

この故事から、泥棒のことを「梁上の君子」というようになったのである。

陳寔と王烈は師弟関係にあったから、王烈は何かにつけて師の陳寔の影響を受けたに違いなく、伝記に見える彼らの言行にきわめて類似した点が見受けられるのは、二人が同じ思想に立脚していたからであろう。

敵軍を退散させた泥棒

人のものを盗むという行為は犯罪であり、決して許されるものではないが、ときには、その盗むという行為が人や国を窮地から救い、有益な働きをする場合もある。

次は、そういった泥棒の活躍ぶりを描いたもので、『淮南子』道応訓に見える話である。

楚ノ将ノ子発ハ、好ミテ求ム二技道之士ヲ一。楚ニ有リ二善ク為スレ偸ヲ者一。

往キテ見《まみ》エテ曰ハク、「聞ク、君ハ求ムト二技道之士ヲ一。臣ハ楚ノ市偸也。願ハクハ以テレ

技ヲ齎《そな》ハランコトヲト二一卒ニ一。」

楚《そ》の将《しょう》の子発《しはつ》は、好《この》みて技道《ぎどう》の士《し》を求《もと》む。楚《そ》に善《よ》く偸《とう》を為《な》す者有《ものあ》り。往《ゆ》きて見《まみ》えて曰《い》はく、「聞《き》く、君《きみ》は技道《ぎどう》の士《し》を求《もと》むと。臣《しん》は楚《そ》の市偸《しとう》なり。願《ねが》はくは技《わざ》を以《もっ》て一卒《いっそつ》に齎《そな》はらんことを」と。

○子発…字《あざな》。　○市偸…街の盗人の意。ここでは登場人物の呼称。

楚の将軍の子発は、好んで特技の持ち主を探し求めた。ちょうど楚に盗みの上手な者がいて、子発のもとへ行き、お目通りを願って言った、「将軍は特技の持ち主を探していらっしゃると聞いております。わたしは楚の市偸という者です。どうか盗みの特技で、わたしを兵卒の一人に加えていただきたい」と。

春秋戦国時代の楚の国には、子発という字の将軍は複数いたようだ。本文に見える子発は前四世紀頃の宣王に仕えた将軍で、姓は不明であるが、名は舎という人物だったらしい。戦乱のうち続く世の中では、人材が豊富な方が有利に決まっている。それで、子発も人材の発掘に力を注いでいた。そのような折に、とんだ特技の持ち主が現れた。

子発聞キテレ之ヲ、衣ハ不レ給《いとま》アラ帯スルニ、冠ハ不レ暇《いとま》アラ正スニ、出デテ見エテ而礼スレ之ニ。左右諫《いさ》メテ曰ハク「偸者《は》天下之盗也。何為レゾ礼スルトレ之ニ。」君曰ハク「此レ非ズト二左右之所ニ一レ得ルレ与《あづか》ルヲ。」

子発《しはつ》之《これ》を聞《き》きて、衣《ころも》は帯《おび》するに給《いとま》あらず、冠《かんむり》は正《ただ》すに暇《いとま》あらず、出《い》でて見《まみ》えて之《これ》に礼《れい》す。左右《さゆう》諫《いさ》めて曰《い》はく、「偸《とう》は天下《てんか》の盗《とう》なり。何為《なんす》れぞ之《これ》に礼《れい》する」と。君《きみ》曰《い》はく、「此《こ》れ左右《さゆう》の与《あずか》るを得《う》る所《ところ》に非《あら》ず」と。

子発は市偸の来訪を聞いて、着物の帯を結ぶのももどかしく、冠を整える時間も惜しんで、急いで接見の場に出て面会し、市偸に礼を尽くした。

それを見ていた側近の家来が、子発を諫めて言った、

「市偸は天下の大泥棒です。どうして泥棒などに礼を尽くされるのですか」と。

すると、将軍は一喝して言った、

「これは側近が口を差し挟むようなことではない」と。

子発は天下の大泥棒を丁重に礼を尽くして迎え入れたのであるが、ここには、特技の持ち主なら委細構わず集めておこうという、子発の並々ならぬ意欲が見て取れる。このなりふり構わぬ人材集めが、いよいよ功を奏するときがやって来た。

後無《クシテ》㆓幾《いく》何《ばくモ》㆒、斉興《シテ》㆑兵《ヲ》伐《ツ》㆑楚《ヲ》。子発将《ひきヰテ》㆑師《ヲ》以《テ》当《ル》㆑之《ニ》。兵三却《タビしりぞク》。楚《ノ》賢良《ノ》大夫、皆尽《シ》㆓其《ノ》計《ヲ》㆒、悉《つくスモ》㆓其《ノ》誠《ヲ》㆒、斉《ノ》師《ハ》愈《いよいよ》強《シ》。於《テ》㆑是《ニ》市偸進《ミ》請《ヒテ》曰《ハク》、「臣《ニ》有《リ》㆓薄技㆒、願《ハクハ》為《ニ》㆑君《ノ》行《ハント》㆑之《ヲ》。」子発曰《ハク》、「諾《だくト》。」不《シテ》㆑問《ハ》㆓其《ノ》辞《ヲ》㆒而遣《やル》㆑之《ヲ》。

後《のち》幾何《いくばく》も無《な》くして、斉兵《せいへい》を興《おこ》して楚《そ》を伐《う》つ。子発《しはつ》師《し》を将《ひき》ゐて以《もつ》て之《これ》に当《あた》る。兵三《へいみ》たび却《しりぞ》く。楚《そ》の賢良《けんりよう》の大夫《たいふ》、皆《みな》其《そ》の計《はかりごと》を尽《つく》し、其《そ》の誠《まこと》を悉《つく》すも、斉《せい》の師《し》は愈強《いよいよつよ》し。是《ここ》に於《お》いて市偸《しとう》進《すす》み請《こ》ひて曰《い》はく、「臣《しん》に薄技《はくぎ》有《あ》り、願《ねが》はくは君《きみ》の為《ため》に之《これ》を行《おこな》はん」と。子発《しはつ》曰《い》はく、「諾《だく》」と。其《そ》の辞《じ》を問《と》はずして之《これ》を遣《や》る。

その後まもなく、斉が戦いを起こして楚を攻撃してきた。そこで、子発は楚の軍隊を率いて斉と対戦した。しかし、楚の軍隊は三度退却した。楚の賢明で善良な大夫たちは、皆ありったけの計略と忠誠を尽くして戦ったが、斉の軍隊はますます強くなっていった。

そのとき、市偸が子発の前に進み出て、お願いして言った、

「わたしに取るに足りない技がございます。どうか将軍のために、この技を使わせてください」と。

子発は、ただ一言「よろしい」と答えると、それがどんな技なのか尋ねもせずに市偸を送り出した。

戦闘で劣勢に立たされていた楚軍は、万策尽きて、まさにお手上げの状態だった。そこへ、市偸が声をあげて、自分を用いてくれるように願い出た。藁《わら》をもすがる思いの子発が、即座に許可したのは言うまでもない。

偸則チ夜出デ、解キテ二斉ノ将軍之幬《ちゅう》帳《ちゃう》ヲ一而献ズレ之ヲ。子発因リテ使メテ二人ヲシテ帰サレ之ヲ曰ハク、「卒《そつ》ニ有リ二出デテ薪《まき》トル者一、得二将軍之帳《とばり》ヲ一。使ムトレ帰サ二之ヲ於執事ニ一。」

偸《とう》則《すなわ》ち夜《よる》出《い》で、斉《せい》の将軍《しょうぐん》の幬張《ちゅうちょう》を解《と》きて之《これ》を献《けん》ず。子発《しはつ》因《よ》りて人《ひと》をして之《これ》を帰《かえ》さしめて曰《い》はく、「卒《そつ》に出《い》でて薪《まき》とる者有《ものあ》り、将軍《しょうぐん》の帳《とばり》を得《う》。之《これ》を執事《しつじ》に帰《かえ》さしむ」と。

○幬帳…陣幕、とばりのこと。

市偸は、夜敵陣に出かけて行き、斉の将軍の陣幕をはずして持ち帰り子発に献上した。子発は、そこで部下を使ってこの陣幕を敵陣に返しに行かせ、次のように言わせた、「薪を取りに出かけた兵士が、将軍の陣幕を拾得して来ましたので、ここに執事にまでお届けに上がらせました」と。

遠征中の野営の陣地では、一般の兵卒は地面や草むらにゴロ寝するが、将軍や将校ともなると、陣地の中央付近に陣幕を張ってプライベートな空間を作り、その中に簡易ベッドを設《しつら》えて寝る。だから、将軍の陣幕を盗むには、敵陣の奥深くまで侵入しなければならないわけで、至難の業であるはずだ。それを市偸はいとも簡単にやってのけたのである。

市偸が持ち帰った陣幕を受け取った子発も、なかなかのもので、これ見よがしに皮肉たっぷりの挨拶を添えて、その陣幕を敵の将軍のもとに返してやった。これしきの芸当は我が軍にとっては何でもないと言わんばかりである。

明夕復《タ》往《キテ》取《ル》㆓其《ノ》枕《ヲ》㆒。子発又《タ》使《ム》㆓人《ヲシテ》帰《サ》㆑之《ヲ》。斉師聞《キ》㆑之《ヲ》大《イニ》駭《おどろキ》、将軍与㆓軍吏㆒謀《リテ》曰《ハク》、「今日不《ンバ》㆑去《ラ》、楚軍《ハ》恐《ラク》取《ラント》㆓吾《ガ》頭《ヲ》㆒。」乃《チ》還《かへシテ》㆑師《ヲ》而去《ル》。

（『淮南子』道応訓）

明夕《みょうせき》復《ま》た往《ゆ》きて其《そ》の枕《まくら》を取《と》る。子発《しはつ》又《ま》た人《ひと》をして之《これ》を帰《かえ》さしむ。斉師《せいし》之《これ》を聞《き》き大《おお》いに駭《おどろ》き、将軍軍吏《しょうぐんぐんり》と謀《はか》りて曰《い》はく、「今日《こんにち》去《さ》らずんば、楚軍《そぐん》は恐《おそ》らく吾《わ》が頭《こうべ》を取《と》らん」と。乃《すなわ》ち師《し》を還《かえ》して去《さ》る。

次の夜、市偸はまた敵陣に潜入して、今度は将軍の枕を取って来た。子発はまた部下にその枕を返しに行かせた。斉軍はこの話を聞いてたいそう驚き、将軍は軍吏たちと相談して言った、

「今日のうちに退却しなければ、楚軍はおそらく、次は私の首を取るだろう」と。

そこで軍隊を退却させて、斉の国に帰って行った。

原文では、枕を取って来た翌晩、さらに将軍の簪《かんざし》を取ってくるのであるが、この入試問題文では省略してある。

市偸の盗みは、最初は陣幕から始まり、枕、簪と、どんどん範囲を狭めて行った。これは、将軍の寝首などいつでも掻き切ることができるぞという脅しであり、将軍の恐怖心を煽る心理作戦に出たのである。

この作戦がまんまと成功して、斉軍は陣を引き掃って自国へ帰還し、楚はこの市偸の働きによって、事なきを得たのであった。

なお、『淮南子』の原文では、この話の末尾を次のような教訓で締めくくっている。

技《ぎ》に細《さい》無くして能に薄《はく》無し。人君、之を用ふるに在るのみ。

（技に、つまらない技はなく、能力に、取るに足りない能力はない。要は、君主がその技能をどのように活用するかにかかっている。）

何の役にも立たず、むしろ有害でさえある盗みの技も、用い方次第で有用なものになるということだろう。

いまの市偸の話以外にも、盗みの技が窮地を救った例として、「鶏鳴狗盗《けいめいくとう》」の故事がある。戦国時代末の斉の王族孟嘗君《もうしょうくん》が、秦の昭王に殺されかけたとき、食客の中の、鶏の鳴き声のうまい者と、狗《いぬ》のように盗みのうまい者に助けられたという話であるが、拙著『十二支の四字熟語』で既に取り上げているので、くわしくはそちらをご覧いただきたい。

ところで、将軍子発の母は賢母で知られていて、『列女伝』（前漢の劉向《りゅうきょう》著）の母儀伝に、「楚の子発の母」という題目で、次のような話が見える。

子発が秦を攻めたとき、途中で国元に使者を遣《や》って、実家の母のご機嫌を伺わせた。母がその使者に戦地の食糧事情を尋ねると、兵士たちは豆で飢えを凌ぎ、将軍の子発は肉と米を食べているということだった。

子発が秦を破って凱旋して来たが、母は会おうとせず、戦地で部下の兵士たちをないがしろにした子発の振る舞いを厳しく叱責した。子発もこれまでの態度を反省し母に謝って、ようやく家に入れてもらえたという。

歴戦の将軍も賢母にだけは頭が上がらなかったようだ。

感動する話

弓の名人

以前取り上げた『列子』という書物の中には、その道の名人といわれる人物がいろいろ出てくる。たとえば、楚の詹何《せんか》は釣りの名人で、一個の繭から取った絹糸で釣り糸を作り、稲の芒《のぎ》（先端の細い毛）を釣り針とし、荊《いばら》の木の枝を釣り竿とし、米粒をさらに細かく割いた一部を餌にして、車からはみ出るほどの大きな魚を釣り上げた。それでいて、絹の釣り糸は切れず、芒の釣り針は伸びず、荊の枝の釣り竿も折れなかったという。

ほかにも、歌を歌わせるとその歌の余韻が周りの物にまつわりついて三日間消え失せなかったという歌の名人や、歩き方や身のこなし、歌いっぷりや舞踏など、生きた人間そっくりの動きをする人形をこしらえ出した物作りの名人の話など、特殊な技芸の持ち主の話が次々に出て来て興味が尽きない。

そのなかの一つに弓の名人の話が出てくる。弓は洋の東西を問わず、狩猟や戦闘において最も便利な道具であり武器であるから、古来、弓の名人と言われる人物は多い。中国に限っても、堯《ぎょう》帝の時代の羿《げい》は、十の太陽が現れて人々が炎熱に苦しんでいたとき、九個の太陽を射落として人々を苦しみから救ったという。また、春秋時代の楚の養由基は、百歩離れたところから柳の葉を射て、百発百中だったという。

さて、ここに登場する名人は、いったいどんな弓使いなのであろうか。

甘《かん》蠅《よう》ハ古之善クスル㆑射ヲ者ナリ。彀《は》レバ㆑弓ヲ而獣ハ伏セ鳥ハ下ル。弟子、名ハ飛衛、学ビテ㆓射ヲ於甘蠅ニ㆒而巧ナルコト過グ㆓其ノ師ニ㆒。紀昌ナル者又学ブ㆓射ヲ於飛衛ニ㆒。飛衛曰ハク、「爾《なんぢ》先ヅ学ベ㆑不ルヲ㆑瞬カ、而ル後可シト㆑言フ㆑射ヲ矣。」

甘蠅《かんよう》は古《いにしえ》の射《しゃ》を善《よ》くする者《もの》なり。弓《ゆみ》を彀《は》れば而《すなわ》ち獣《けもの》は伏《ふ》せ鳥《とり》は下《くだ》る。弟子《ていし》、名《な》は飛衛《ひえい》、射《しゃ》を甘蠅《かんよう》に学《まな》びて、巧《たくみ》なること其《そ》の師《し》に過《す》ぐ。紀昌《きしょう》なる者又射《ものまたしゃ》を飛《ひ》

衛《えい》に学《まな》ぶ。飛衛《ひえい》曰《い》はく、

「爾《なんじ》先《ま》づ瞬《まばた》かざるを学《まな》べ、而《しか》る後《のち》射《しゃ》を言《い》ふべし」と。

甘蠅は昔の弓の名人であった。彼が弓を構えると、獣は身を伏せて隠れ、鳥も舞い降りて隠れた。甘蠅には飛衛という名の弟子がいて、甘蠅から弓術を習っていたが、その腕前は師をも凌ぐほどであった。

紀昌という者が、この飛衛から弓術を習うことになった。飛衛が言った、

「お前はまず瞬きをしない訓練をしなさい。それができてはじめて弓術についての話ができよう」と。

飛衛は、紀昌に弓術の極意を授ける前に、まず瞬きをしない訓練を課した。考えてみると、何かを射ようとするときは、その対象から一瞬たりとも視線をはずしてはいけないわけで、この訓練はまことに当を得たものといえよう。

この飛衛の助言を受けて、紀昌はいったいどんな訓練をしたのであろうか。

紀昌帰リテ、偃《えん》‐臥シ二其ノ妻之機下一ニ、以テレ目ヲ承《う》ク二牽《けん》挺《てい》一ヲ。二年之後、雖モ二錐末倒ルト一レ眥《まなじり》ニ、而モ不レ瞬カ也。以テ告グ二飛衛一ニ。飛衛曰ハク、「未ダシ也。必ズ学ビテレ視ヲ而ル後ニ可ナリ。視ルコトレ小ヲ如クレ大ノ、視ルコトレ微ヲ如クニシテレ著ノ、而ル後ニ告ゲヨトレ我ニ。」

紀昌《きしょう》帰《かえ》りて、其《そ》の妻《つま》の機下《きか》に偃臥《えんが》し、目《め》を以《もっ》て牽挺《けんてい》を承《う》く。二年《にねん》の後《のち》、錐《すい》末《まつ》眥《まなじり》に倒《たお》ると雖《いえど》も、而《しか》も瞬《まばた》かざるなり。以《もっ》て飛衛《ひえい》に告《つ》ぐ。飛衛《ひえい》曰《い》はく、「未《いま》だし。必《かなら》ず視《し》を学《まな》びて而《しか》る後《のち》に可《か》なり。小《しょう》を視《み》ること大《だい》のごとく、微《び》を視《み》ること著《ちょ》のごとくにして、而《しか》る後《のち》に我《われ》に告《つ》げよ」と。

○偃臥…仰向けに寝る。　○牽挺…機の踏み木。

紀昌は家に帰り、妻の機織り機の下に仰向けに寝て、目の直前で上下する踏み木を受け止める訓練をした。二年経って、錐の先が目尻に倒れかかって来ても、瞬き一つしないまでになった。

そのことを飛衛に告げると、飛衛はこう言った、

「まだだ。必ず目を凝らす訓練をしてはじめて弓術の話ができるのだ。小さなものが大きく見え、かすかなものがはっきり見えるようになったら、私に告げなさい」と。


衣服はすべて工場で生産される現代にあって、機織り機を見かけるのは、伝統工芸品を作っている特定の地域か博物館ぐらいのものだろう。私の生まれ育った鹿児島県大隅半島南部の寒村では、奄美大島が近かったこともあり、農家の婦人たちが一時期副業として大島紬を織っていたので、子供の頃、何度か機織りの仕事を目にしたことがある。

機織り機の踏み木は、一定の所まで下がるとそこで止まるようになっているわけだが、それでもやはり、機織り機の下で、踏み木を目前で瞬きせずに受け止めるなどということは、そう簡単にできるはずがない。さすがの紀昌も、その技を我がものとするまでに二年の月日を要したのである。そして次は目を凝らす訓練へと移った。

昌以《テ》レ氂《けヲ》懸《ケ》二虱《しらみヲ》於牖《まどニ》一、南面《シテ》而望《ム》レ之《ヲ》。旬日之間、浸《やうやく》大也。三年之後、如《シ》二車輪《ノ》一焉。以《テ》観《みレバ》二余物《ヲ》一、皆丘山也。乃《チ》以《テ》二燕《えん》角《かく》之弧《ゆみ》、朔《さく》蓬《ほう》之簳《やがらヲ》一射《ルニ》レ之《ヲ》、貫《キテ》二虱之心《ヲ》一而懸不レ絶《タ》。以《テ》告《グ》二飛衛《ニ》一。飛衛高踏《シテ》拊《うチテ》レ膺《むねヲ》曰《ハク》、「汝得《タリト》レ之《ヲ》矣。」

昌氂《しょうけ》を以《もっ》て虱《しらみ》を牖《まど》に懸《か》け、南面《なんめん》して之《これ》を望《のぞ》む。旬日《じゅんじつ》の間《かん》、浸《ようや》く大《だい》なり。三《さん》年《ねん》の後《のち》、車輪《しゃりん》のごとし。以《もっ》て余物《よぶつ》を観《み》れば、皆丘山《みなきゅうざん》なり。乃《すなわ》ち燕角《えんかく》の弧《ゆみ》、朔《さく》蓬《ほう》の簳《やがら》を以《もっ》て之《これ》を射《い》るに、虱《しらみ》の心《しん》を貫《つらぬ》きて懸絶《けんた》たず。以《もっ》て飛衛《ひえい》に告《つ》ぐ。飛衛高《ひえいこう》踏《とう》して膺《むね》を拊《う》ちて曰《い》はく、「汝之《なんじこれ》を得《え》たり」と。

○氂…細い毛。　○観…よく見る。　○燕角之弧、朔蓬之簳…燕の地方で産する獣の角で作った弓、北辺の地に生じる蓬《よもぎ》を矢がらとした矢。　○拊膺…胸をたたく。

紀昌は細い毛で虱を窓に吊《つる》し、南に向いて遠くから眺める訓練をした。十日間で次第に大きく見えるようになり、三年経つと車輪の大きさほどに見えた。その目でほかの物をよく見ると、みな丘や山のように大きく見えた。

そこで燕の地方で産する獣の角で作った弓に、北辺の地に生じる蓬を矢がらとした矢をつがえて虱を射ると、その心臓を見事に射抜き、しかも吊していた細い毛は切れなかった。そのことを飛衛に告げると、飛衛は高く足を鳴らし胸を叩いて興奮して言った、

「お前は射術をものにできるまでになったぞ」と。

虱は体長が約二~四ミリメートルの灰白色の虫で、哺乳類に寄生してその血を吸って生きている。人間に寄生するのはアタマジラミやコロモジラミなどで、咬まれると痒みが生じるのは、虱の唾液に含まれているタンパクが皮膚に触れてアレルギー反応を起こすからである。

痒みぐらいならまだよいが、伝染病を媒介するから厄介である。代表的なものにコロモジラミの媒介する発疹チフスがある。フランスのナポレオン軍がロシア遠征で負けたのは、食糧不足と厳寒に加え、この発疹チフスの軍中での大流行も一因だったという。

さて、紀昌はその虱を細い毛で吊して視力の強化を図ったところ、三年もすると虱が車輪ほどの大きさに見えるまでになったという。今の子供たちはゲームのし過ぎで、視力が悪化の一途をたどっているが、そういう子供たちの視力回復には、遠くから微小なものを眺めるという、この原始的な方法が案外有効かもしれない。

冗談はさておき、紀昌にはこれで、瞬きをせず対象を大きくとらえるという、弓術における基本的能力が備わったことになる。ここから先は射術そのものの腕を磨いていきさえすればよい。

紀昌既ニ尽二ス衛之術一ヲ。計二ルニ天下之敵レスル己ニ者一ヲ、一人而已。乃チ謀レリ殺《サン》二コトヲ飛衛一ヲ、相二-遇フ於野一ニ。二人交《こもごも》射ルニ、中路ニ矢鋒相触レテ而墜《お》二ツルモ於地一ニ、而塵不レ揚《あが》ラ。飛衛之矢先ヅ窮リ、紀昌遺二ス一矢一ヲ。既ニ発スレバ、飛衛以二テ棘《きよく》刺《し》之端一ヲ扞《ふせ》レギテ之ヲ、而無レシ差フコト焉。

紀昌《きしょう》既《すで》に衛《えい》の術《じゅつ》を尽《つく》す。天下《てんか》の己《おのれ》に敵《てき》する者《もの》を計《はか》るに、一人《いちにん》のみ。乃《すなわ》ち飛《ひ》衛《えい》を殺《ころ》さんことを謀《はか》り、野《の》に相遇《あいあ》ふ。二人《ににん》交《こもごも》射《い》るに、中路《ちゅうろ》に矢鋒相触《しほうあいふ》れて地《ち》に墜《お》つるも、塵揚《ちりあが》らず。飛衛《ひえい》の矢《や》先《ま》づ窮《きわま》り、紀昌《きしょう》一矢《いっし》を遺《のこ》す。既《すで》に発《はっ》すれば、飛衛棘刺《ひえいきょくし》の端《はし》を以《もっ》て之《これ》を扞《ふせ》ぎて差《たが》ふこと無《な》し。

○棘刺之端…いばらのとげの先。

紀昌は飛衛の弓術をすっかり学び尽くしてしまうと、天下に自分に匹敵する腕前の者は飛衛一人しかいないことに気付いた。そこで飛衛を殺そうとたくらんでいたところ、たまたま野原で飛衛に出会った。

二人が互いに矢を射掛けたところ、真ん中で矢尻と矢尻がぶつかり合って地面に墜ちるのだが、ほこりひとつ舞わなかった。

そのうち、飛衛のほうの矢が先に尽き、紀昌のほうはまだ一本余していた。その矢を紀昌が射ると、飛衛は棘《いばら》のとげの先でその矢を防ぎ止め、少しの狂いもなかった。

術を授けてくれた師匠をライバル視し、亡きものにせんとする紀昌の陰険なたくらみには、もはや術を磨くために日々精進してきた美しい魂はなく、名誉欲に駆られた人間のおぞましい姿しかない。飛衛のほうでもそれと察知し、すかさず応戦して、最後は棘のとげの先で紀昌の矢を受け止めたというからすごい。結局、名人同士の戦いは互角のうちに終わったのであるが、さて、この後ふたりはどういう行動に出たであろうか。

於イテレ是ニ二子泣キテ而投ジレ弓ヲ、相二拝シテ於塗《みち》ニ一、請ヒテ為ル二父子ト一。

（『列子』湯問）

是《ここ》に於《お》いて二子《にし》泣《な》きて弓《ゆみ》を投《とう》じ、塗《みち》に相拝《あいはい》して、請《こ》ひて父子《ふし》と為《な》る。

ことここに至って、二人は泣いて弓を投げ捨て、道で互いに拝礼し合い、進んで親子の契りを結んだのであった。

この世に弓の名人は我のみ、という紀昌の野望はあえなく潰《つい》えたのであるが、師飛衛との真剣な戦いを通して紀昌のどす黒い心は浄化され、また、飛衛のほうも弟子との死を賭した戦いの果てに、これまでにない充実感が心を満たしたのである。そこで、二人は互いを弓の名人として認め合い、恩讐を超越して、人間関係としては最も親密な親子の契りを結んで、絆を深め合ったのであった。

中島敦は『列子』のこの話をもとに小説『名人伝』を書いた。彼は原作の最後に手を加えて、その後、紀昌が飛衛の師匠である甘蠅に弓の極意を習いに行くというストーリーを創作して、付け足している。これがまた面白いので簡単にあらすじを述べておこう。

親子の契りを結んだ後、飛衛は紀昌に、自分の師である甘蠅に弓の奥義を学ぶように勧める。そこで紀昌は西方の霍山《かくざん》に行って甘蠅に会い、自慢の腕前を披露する。甘蠅は大して驚きもせず、素手のまま空に向けて矢を射る格好をすると、なんと鳶《とび》が落ちて来た。自分の未熟さを痛感した紀昌は、そのまま甘蠅に弟子入りして己の術を磨くことにした。

苦節九年、下山して街に戻ると、紀昌の名は弓の名人として世間に鳴り響いた。だが、戻ってから一度も弓を射ず、その言動は弓射のことから離れて、ますます枯淡虚静の域に入っていく。そして最後は呼吸の有無さえ疑うほどの彼我一如の境地に到達して、その生涯を静かに閉じるのである。

これが小説の大まかなあらすじである。名人の妙技を期待して読み進めてきた読者は、何だか肩すかしを食ったような物足りなさを覚えてしまうが、ところがどっこい、ストーリーテラーたる中島敦がそんな中途半端な形で終わるはずがない。紀昌にまつわる恐るべきエピソードが、ちゃんとこの名作の掉尾を飾っているのである。ここでは敢えて伏せておくので、ぜひ小説をお読みいただきたい。

我が心は石にあらず

一九六〇年代末、全国で学園紛争が荒れ狂っていた当時、学生たちの間で人気のあった作家に高橋和巳がいる。彼は京大の中国文学の助教授であったが、学園紛争では学生の側に立ち、やがて助教授職を辞し、小説家に転身した経歴を持つ。

私が大学生活を送っていた頃は、学園紛争もだいぶ下火になっていたが、それでも、学生たちの書棚には、カリスマ的な存在であった彼の作品が、ところ狭しと並んでいたものだった。高橋和巳の小説は、構成の巧みさ、語彙や表現の豊かさもさることながら、題名の付け方がうまい。「我が心は石にあらず」などというカッコいい題名を見たら、もうそれだけで本を手にしたくなったものだ。

「心が石ではない」とはどういうことかな、木石みたいに非情なものではないという意味かな、などと勝手に解釈しながら読んでみたところ、題名から受ける印象と内容とが全然違っていた、という覚えがある。
実は、「我が心は石にあらず」という言葉は、中国最古の詩集『詩経』の中の詩句で、その「国風」邶《はい》風篇の「柏舟《はくしゅう》」と題する詩の第三章に、次のように見える。

我が心は石に匪《あら》ず　転ずべからざるなり
我が心は蓆《むしろ》に匪《あら》ず　巻くべからざるなり
（私の心は石ではない、転がすことはできない
私の心は蓆ではない、巻き上げることはできない）

この『詩経』の詩句に惹《ひ》かれたのは、なにも高橋和巳だけではない。古くは前漢の学者韓嬰《かんえい》が、その著書『韓詩外伝』で、次のような話とともにこの詩句を紹介している。

秦攻《メ》レ魏《ヲ》、破《ル》レ之《ヲ》。少子亡《にゲテ》而不レ得。令《シテ》二魏国《ニ》一曰《ハク》、「有《ラバ》下得《ル》二公子《ヲ》一者上、賜《フ》二金千斤《ヲ》一。匿《かくス》者《ハ》、罪至《ルト》二十族《ニ》一。」

秦魏《しんぎ》を攻《せ》め、之《これ》を破《やぶ》る。少子《しょうし》亡《に》げて得《え》ず。魏国《ぎこく》に令《れい》して曰《い》はく、「公子《こうし》を得《う》る者有《ものあ》らば、金千斤《きんせんきん》を賜《たま》ふ。匿《かく》す者は、罪十族《つみじゅうぞく》に至《いた》る」と。

○少子…末子。○十族…父、母、妻それぞれの親族、及び門弟を含めた親類縁者の全て。

秦が魏を攻めて、これを打ち破った。しかし、魏の一番末の公子が逃亡して、いまだ捕まらずにいた。秦王は魏の人々にお触れを出して言った、「公子を捕まえた者がいたら、金千斤を与える。かくまう者は、その罪は親類縁者全てに及ぶだろう」と。

秦の攻撃によって魏が滅んだのは、『史記』魏世家によれば、紀元前二二五年で、王假《か》のときである。魏を滅ぼした秦の王は嬴政《えいせい》といい、後の始皇帝その人である。王假には公子が何人かいたが、幼かった末子だけが乳母の機転で宮殿から脱出でき、ほかは皆殺された。

公子乳母与《ト》倶《もニ》亡《グ》。人謂《ヒテ》二乳母《ニ》一曰《ハク》、「得《ル》二公子《ヲ》一者《ハ》賞甚《ダ》重《シ》。乳母当《ニ》《ケレバ》レ知《ル》二公子《ノ》処《ヲ》一而言《ヘト》レ之《ヲ》。」乳母応《ヘテ》レ之《ニ》曰《ハク》、「我不《レ》知《ラ》二其《ノ》処《ヲ》一。雖《モ》レ知《ルト》レ之《ヲ》、死《セバ》則《チ》死《セン》。不《レ》可《カラ》二以《テ》言《フ》一也。」

公子《こうし》乳母《にゅうぼ》与倶《とも》に亡《に》ぐ。人乳母《ひとにゅうぼ》に謂《い》ひて曰《い》はく、「公子《こうし》を得《う》る者《もの》は賞《しょう》甚《はなは》だ重《おも》し。乳母《にゅうぼ》当《まさ》に公子《こうし》の処《ところ》を知《し》るべければ之《これ》を言《い》へ」と。乳母之《にゅうぼこれ》に応《こた》へて曰《い》はく、「我《われ》其《そ》の処《ところ》を知《し》らず。之を知《し》ると雖《いえど》も、死《し》せば則《すなわ》ち死《し》せん。以《もっ》て言ふべからざるなり。

公子の乳母は公子と一緒に逃げた。ある人が乳母に言った、「公子を捕まえたら褒美がたくさんもらえます。乳母なら当然公子の居所を知っているはずだから、それを申し出て、褒美をもらいなさいよ」と。

乳母はそれに対してこう応じた、

「私は公子の居所なんて知りません。たとえ知っていても、公子が死ねば私も死にます。居所を言うことなど、とんでもありません。

乳母は、ある人から唆《そそのか》されても頑として聞き入れず、あくまで公子を守り抜く覚悟であると言って、その甘言を一蹴する。乳母の話はまだ続く。

為《ニ》レ人《ノ》養《フニ》レ子《ヲ》、不《シテ》レ能《ハ》レ隠《ス》而言《ヘバ》レ之《ヲ》、是畔《そむキ》レ上《ニ》畏《おそル》レ死《ヲ》。吾聞《ク》、忠《ハ》不レ畔《カ》上《ニ》、勇《ハ》不《ト》レ畏《レ》死《ヲ》。凡《ソ》養《フ》二人《ノ》子《ヲ》一者《ハ》、務《メ》レ生《カスニ》レ之《ヲ》、非《ザル》レ務《ムルニ》レ殺《スニ》レ之《ヲ》也。豈《ニ》可《ケン》二見《テ》レ利《ヲ》畏《ルル》レ誅《ちゅうヲ》之故《ニ》、廃《シテ》レ義《ヲ》而行《フ》レ詐《リヲ》哉。吾不《ト》レ能《ハ》三生《キテ》而使《ムル》二公子《ヲシテ》独《リ》死《セ》一矣。」

人《ひと》の為《ため》に子《こ》を養《やしな》ふに、隠《かく》す能《あた》はずして之《これ》を言《い》へば、是上《これかみ》に畔《そむ》き死《し》を畏《おそ》る。吾《われ》聞《き》く、忠《ちゅう》は上《かみ》に畔《そむ》かず、勇《ゆう》は死《し》を畏《おそ》れずと。凡《およ》そ人《ひと》の子《こ》を養《やしな》ふ者《もの》は、之《これ》を生《い》かすに務《つと》め、之《これ》を殺《ころ》すに務《つと》むるに非《あら》ざるなり。豈《あ》に利《り》を見《み》て誅《ちゅう》を畏《おそ》るるの故《ゆえ》に、義《ぎ》を廃《はい》して詐《いつわ》りを行《おこな》ふべけんや。吾《われ》生《い》きて公子《こうし》をして独《ひと》り死《し》せしむる能《あた》はず」と。

人になり代わって子供を育てておきながら、隠すことができずに居場所をしゃべったなら、それは主君に背き、死を恐れたことになります。私は『忠臣は主君に背かないし、勇者は死を恐れない』と聞いています。

およそ、人の子を育てる者は、その子を生かすことに努めるのであり、殺すことに努めるものではありません。どうして、利益に目がくらんだり死刑を恐れたりして、道義を捨てて偽りの行いをしてよいでしょうか、よいはずはありません。私は、自分が生き残り、公子だけを死なせることは、とうていできません」と。

ここには、預かった子どもの命を守るのが乳母の本分であり、それを打ち消すような企みや裏切り行為は一切とらないという、強い決意がみなぎっている。

しかし、これほどの強い決意も、いったん傾きかけた命運を、もはやどうすることもできなかった。

遂ニ与二公子一倶ニ逃ル二沢中一。秦軍見テ而射ルレ之ヲ、乳母以テレ身ヲ蔽《おほヒ》レ之ヲ、著《つケ》二十二矢ヲ一、遂ニ不レ令メレ中《あたラ》二公子ニ一。秦王聞キレ之ヲ、饗《もてな》スニ以テシ二太《たい》牢《らうヲ》一、且ツ爵シテ二其ノ兄ニ一為ス二大夫ト一。詩ニ曰ハク「我ガ心匪《あらズ》レ石ニ、不ルレ可カラレ転ズ也ト。」

（韓嬰『韓詩外伝』）

遂《つい》に公子《こうし》と倶《とも》に沢中《たくちゅう》に逃《のが》る。秦軍見《しんぐんみ》て之《これ》を射《い》るに、乳母《にゅうぼ》身《み》を以《もっ》て之《これ》を蔽《おお》ひ、十二矢《じゅうにし》を著《つ》け、遂《つい》に公子《こうし》に中《あた》らしめず。秦王之《しんおうこれ》を聞《き》き、饗《もてな》すに太牢《たいろう》を以《もっ》てし、且《か》つ其《そ》の兄《あに》に爵《しゃく》して大夫《たいふ》と為《な》す。詩《し》に曰《い》はく、「我《わ》が心石《こころいし》に匪《あら》ず、転《てん》ずべからざるなり」と。

○饗…祭祀のときに食べ物を供えること。　○太牢…牛、羊、豚の三種類の肉の供え物。

こうして、乳母は公子とともに沼沢地に逃げた。秦軍がこれを見つけて弓矢を射ると、乳母は身を以て公子をかばい、十二本の矢を身に浴びながらも、最後まで公子に当たらせなかった。秦王はそれを聞いて、牛、羊、豚の三種類の肉を供えて、死んだ乳母の御霊を盛大に祭り、また、乳母の兄に大夫の爵位を授けた。

『詩経』に、「私の心は石ではない、転がすことはできない」とある。

敵の矢を満身に浴びながらも、公子を救おうとした乳母の行動から、私は「弁慶の立ち往生」の故事を思い出した。

源義経とその主従のことを描いた『義経記』によると、兄頼朝に追われる身となった義経は、奥州藤原氏にかくまわれていたが、庇護者であった藤原秀衡《ひでひら》が死に、子の泰衡《やすひら》が後を継ぐと、彼は鎌倉幕府との関係重視に方向転換し、義経主従の居所としてあてがっていた衣川館《ころもがわのたち》を急襲した。弁慶は、堂の入口で応戦して義経を守り、雨霰《あられ》と降りかかる敵の矢を満身に受けながらも、手に持った薙刀を杖代わりに、仁王立ちして死んだという。

この乳母もまさに弁慶と同じく、その忠義心から、死を賭して自分の主君の子である公子を守ろうとしたのである。秦王も敵ながらあっぱれと感動し、盛大に祭ってその霊を慰めてやったというのだから、この乳母の行動が、いかに敵味方の区別なく人々の心を打ったかがわかる。

そして、著者の韓嬰が、本文の結びとして、この乳母の忠誠心に鑑みて引用した詩句が、「我が心は石に匪《あら》ず、転ずべからざるなり」という格好いい言葉であった。どんな褒美も、また、どんな脅しも、公子を守ろうとする乳母の決意を翻すことはできなかった、その強い心を表現するのにまさにぴったりの詩句ではなかろうか。

なお、劉向の撰した『列女伝』巻五・節義伝に、「魏節乳母」と題して同じ話が見えるが、乳母の会話の相手が魏の旧臣であること、公子は乳母とともに死んでしまったと明記していること、最後に引用されている詩句が異なっていること、などの点で異同がある。

中国の「おしん」

わが国のテレビドラマ史上、最も視聴率が高かったのは、一九八三年の四月から翌年の三月まで放映された、ＮＨＫの連続テレビ小説「おしん」で、年間の平均視聴率は、なんと五二・六％というから凄い。

内容は、山形の寒村で生まれ育った女性が、明治、大正、昭和という激動の時代を、世間の荒波に翻弄されながらも懸命に生き抜く姿を描いたもので、同様の苦労を味わった世代や、そのような時代の余韻みたいなものを吸って育った世代から、圧倒的な支持を得たのである。

このテレビドラマは世界各地で放映され、辛抱強く生きた「おしん」の姿が世界の人々の共感を呼んだ。とりわけ貧困層の多いアジア諸国では人気が高く、お隣の中国でも大反響を呼び、初回放送から二十年以上経った二〇〇七年にも、湖南テレビ局で「阿信《アーシン》」という題名で再放送されたほどである。

その「おしん」を彷彿とさせる文章を次に読んでみよう。それは清代の学者方苞《ほうほう》の、「婢音哀辞」と題する追悼文の一節で、著者の家に仕えていた音という召使いの少女の死を哀れみ悼んだものである。

婢《ひ》音九歳入侍吾母。洒《さい》掃浣《くわん》濯如成人。稍《やや》長、於女事無不能。奉事八年、未嘗以微失致呵《か》詰。以事暫離、吾母輒《すなはチ》問、「音児安在。」

婢《ひ》の音九歳《おんきゅうさい》にして入《い》りて吾《わ》が母《はは》に侍《じ》す。洒掃浣濯成人《さいそうかんたくせいじん》のごとし。稍長《ややちょう》じて、女事《じょじ》に於《お》いて能《よ》くせざるは無《な》し。奉持《ほうじ》すること八年《はちねん》、未《いま》だ嘗《かつ》て微失《びしつ》を以《もつ》て呵詰《かきつ》を致《いた》さず。事《こと》を以《もつ》て暫《しばら》く離《はな》るれば、吾《わ》が母《はは》輒《すなわ》ち問《と》ふ、「音児安《おんじいず》くにか在《あ》る」と。

○婢音…召使いの女。音はその名。　○洒掃浣濯…掃除や洗濯。　○致呵詰…叱責をまねく。
○児…幼い者に対する愛称。～ちゃん。

召使いの音は九歳の時に私の家に奉公に入り、私の母の世話をするようになった。まだ幼かったが、掃除や洗濯などは大人と同じようにそつなくこなした。少し成長すると、女性のする仕事で、できないものはなかった。

奉公して八年になるが、これまで一度も、わずかでも失敗して母から叱責されるということがなかった。音が用事で母のそばをしばらく離れることでもあれば、母はそのたびに、「音ちゃんはどこにいるの」と尋ねるのだった。

ここには、幼いながらも家事を立派にこなし、家族の者たちからも大いに頼りにされていた音の姿が、情愛豊かに描かれている。彼女の働きぶりについて、筆者は、さらに次のように続ける。

吾ガ母臥《ぐわ》スルコトレ疾ニ踰《こ》エレ年ヲ、危篤且《まさ》ニ二両月一ナラントす。親者不三敢ヘテ去ラ二左右ヲ一。為《つくり》二麋《び》粥《しゆく》ヲ一、供シ二水漿《しやう》ヲ一、治スルコト二薬物ヲ一、皆音任ジレ之ニ、不レ失セ二晷《き》刻ヲ一。

吾《わ》が母《はは》疾《やまい》に臥《が》すること年《とし》を踰《こ》え、危篤《きとく》且《まさ》に両月《りょうげつ》ならんとす。親者《しんじゃ》敢《あ》へて左《さ》右《ゆう》を去《さ》らず。麋粥《びしゅく》を為《つく》り、水漿《すいしょう》を供《きょう》し、薬物《やくぶつ》を治《ち》すること、皆音之《みなおんこれ》に任《にん》じ、晷刻《きこく》を失《しっ》せず。

○麋粥……かゆ。　○水漿……飲み物。　○晷刻……時刻。

私の母が病気で寝込んだまま年を越し、危篤の状態が二ヶ月にもなろうとしていた。近親者は決して母のそばを離れようとしなかった。それで、母の粥を作り、飲み物を用意し、薬を調合する仕事はすべて音が引き受け、その時刻を誤ることはなかった。

何にでもよく気の付く音は、病人の食事や薬の調合を一手に引き受け、そつなくこなした。その仕事ぶりから見て、知恵のよくはたらく利発な少女だったのだろう。頭のよさだけでなく、その人となりについても、筆者は次のように詳述して音への賛辞惜しまない。

余ガ家貧シ。冬ニ無シ二炭薪一。音独リ身ヅカラ居ル二西偏ノ空室中一ニ。夜四鼓ニ臥シ、鶏鳴ニシテ而起ク。率《おほむ》ネ以テ為スレ常ト。性剛明ニシテ、容止儼《げん》恪《かく》ナリ。雖モ二故家ノ女子中一ト寡シレ有ルコト。余毎ニ心ニ詑《いぶか》ルレ焉《これ》ヲ。乃チ竟ニ以テ二厲《れい》疾ヲ一夭ス。年十有七。

余《わ》が家貧《いえまず》し。冬《ふゆ》に炭薪《たんしん》無《な》し。音独《おんひと》り身《み》づから西偏《せいへん》の空室中《くうしつちゅう》に居《お》る。夜四鼓《よるしこ》に臥《が》し、鶏鳴《けいめい》にして起《お》く。率《おおむ》ね以《もっ》て常《つね》と為《な》す。性剛明《せいごうめい》にして、容止儼恪《ようしげんかく》なり。故家《こか》の女子中《じょしちゅう》と雖《いえど》も有《あ》ること寡《すくな》し。余毎《われつね》に心《こころ》に焉《これ》を詑《いぶか》る。乃《すなわ》ち竟《つい》に厲疾《れいしつ》を以《もっ》て夭《よう》す。年十有七《としじゅうゆうしち》。

○西偏…母屋の西に張り出した庇《ひさし》。　○四鼓…午前二時前後。　○容止儼恪…ふるまいが厳正で、恭《うやうや》しい。　○故家…旧家。　○厲疾…はやり病。

私の家は貧乏で、冬に炭や薪を買うお金がなかった。その寒い中、音はひとりで母屋の西に張り出した庇の空き部屋に寝起きしていた。夜は午前二時頃に寝て、鶏の鳴く頃には起きる。だいたい、それが音の日常であった。音の性質は気丈で聡明であり、ふるまいは厳正で恭しかった。旧家の女性の中で比べても、音ほどの素晴らしい女性はめったにいない。私はいつも心の中でこのことを不思議に思っていた。それなのに、ついに悪性のはやり病にかかり、若くして死んでしまった。享年十七歳だった。

「音」という名前は「おしん」と発音が似ているが、名前だけでなく、その人柄もイメージがダブるような印象を受ける。すなわち、聡明で辛抱強く、主人に忠実で、しかも働き者であった。しかしながら、日頃の無理が祟ったのか、若くして病死してしまう。この点だけは「おしん」と異なる運命を甘受しなければならなかった。

先《ンズルコト》数日、音晨《あしたニ》入《ル》。短衣不レ蔽《おほハ》レ骭《はぎヲ》。為《ニ》市《かヒテ》レ布《ヲ》以《テ》更《あらたメシム》レ之《ヲ》。未《ダ》《シテ》レ及《バ》レ試《ミルニ》而没《ス》。挙《ゲテ》レ室《ヲ》惻《あはレミ》傷《ミ》、人《ゴトニ》如《シ》レ有《ルガ》レ所レ失《フ》焉。

（方苞《ほうほう》「婢音哀辞」）

先《さき》んずること数日《すうじつ》、音《おん》晨《あした》に入《い》る。短《たん》衣《い》骭《はぎ》を蔽《おお》はず。為《ため》に布《ぬの》を市《か》ひて以《もっ》て之《これ》を更《あらた》めしむ。未《いま》だ試《こころ》みるに及《およ》ばずして没《ぼっ》す。室《しつ》を挙《あ》げて惻《あわ》れみ傷《いた》み、人《ひと》ごとに失《うしな》ふ所《ところ》有《あ》るがごとし。

○晨入…朝早く、私の部屋にやって来た。

死ぬ数日前、音が朝早く私の部屋に入ってきた。見ると、服の丈が短くて膝が丸出しになっていた。そこで、私は音に布を買い与えて、その布で新しい服を作らせた。ところが、まだ新しい服を試し着する間もなく、音は亡くなってしまった。家中の者が悲しみ悼み、だれもが大事な人を失ったかのように茫然としたものである。

音の生前の一コマを感慨深く描出しているこのエピソードから、筆者をはじめとして、家の者たちがこぞって音のことを大事に思い、また、音という少女そのものが、皆にそう思わさずにはおれない存在であったことがよくわかる。だからこそ、彼女の死は、単なる召使いの死以上の悲しみを、家の者たちにもたらしたのである。

再びテレビドラマの「おしん」の話にもどるが、二年前に亡くなった私の母も、放映当時、その熱心な視聴者だった。それというのも、母自身が、若い頃おしんと同じような経験をしたことがあり、まるで自分の半生を見ているように感じたからである。生前、母から聞いた苦労話を、ここに思い出すままに記してみよう。

私の母は、大正六年に鹿児島県の大隅半島南部の大根占町（現在の錦江町）という片田舎に生まれ、享年九十二歳でその人生の幕を閉じた。三男五女の三番目として生を享け、赤貧洗うが如き家庭だったので、小学校を四年で終えると、すぐに鹿児島市内の学校の先生方に奉公に出た。

仕事は子守が主であったが、それに加えて、掃除や洗濯、飯炊き、使い走りなど、いろいろやらされた。まだ十歳余と幼く、しかも小柄な体付きだったので、大人の女性と等し並みに仕事をこなすのは大変だったが、決して弱音を吐くようなことはなかった。

食事は、主人一家が済ませた後、薄暗い台所の板敷の間で、独り寂しく摂るのが常だった。同じ鹿児島県内とはいえ、実家は旅程で半日を要するほど遠く、それに、奉公に出た限りは、おいそれと帰るわけにもいかず、夜、身を横たえるたびに、せんべい布団は涙に濡れたという。

主人をはじめ、家族の者は皆、母のことを「姉《ねー》や」と呼んで優しくしてくれた。主人の家は子沢山で、一番上のお嬢さんは母よりも年上で、市内の女学校に通っていた。いつもきれいな服を着て女学校に行く姿がうらやましく、めろんこ（鹿児島方言で少女の召使いの意）のわが身が疎ましく思われたものだった。

三年の年季が明けてお暇を頂いたが、別れ際に、記念の品として小豆色の博多帯をもらった。決して豪華なものではなかったが、自分が奉公先の人々に感謝されていたんだとわかって、とてもうれしかった（その帯は、亡き母の形見として、今も実家の箪笥の中に大事に仕舞われている）。

奉公先から帰って来た母は、すぐさま肝入りどんい（人材斡旋業者）の仲介で、大阪の岸和田にあった紡績工場に、住み込みの女工として雇われて行った。まだ十四、五歳という年端もいかない年齢なのに、朝から晩まで働かされ、休憩はトイレと食事のときだけという、まさに細井和喜蔵の『女工哀史』を地で行く過酷なものだった。

肝入りどんと約束した三年の期限を無事終えて、十八歳のとき実家に帰って来た。低賃金だったとはいえ、一銭の無駄遣いもせずに貯めたお金は、かなりの額になっていた。村に帰って来た母は、その貯金を全額はたいて、村に一台もなかった精米機を買った。それまで隣村まで行って精米を頼んでいた村人から大いに喜ばれ、また、家計もそのおかげでだいぶ楽になった。

そういう才覚と気立てのよさを庶吉（私の祖父）に見込まれ、二十一歳のとき、庶吉の長男で軍人であった定夫（私の父）のもとに嫁入りして来たのである。

村では長老格の祖父も、母のやることに口を差し挟むことは一切なく、全幅の信頼を置いていた。そして死ぬ間際に母を枕元に呼んで、「オイ（俺）の目に狂いはなかった」と言い残して死んで行ったという。

これまで帰省のたびに母から聞かされた話の切れ端を一つにつなげると、以上のような小伝ができ上がった。母が生きた九十二年という歳月から見たら、結婚前の二十一年間は、それほど長い期間ではないが、実に密度の濃い毎日だったと言えよう。

もちろん、結婚して間もなく太平洋戦争が始まり、夫の出征、敗戦、戦後の窮乏生活といった激動のなかで、三男三女を育て上げた苦労は、並大抵のものではなかっただろうが、それについては、いまは触れない。ここでは、「おしん」の少女時代に母の人生を重ね合わせて述べるに留めておこう。

忠犬悲話

中国には志怪小説と呼ばれる一群の読み物がある。「怪」は、怪しいもの、摩訶不思議なものの意で、幽霊や化け物をはじめ、動植物にまつわる不思議な話など、およそ合理的な考えでは説明のつかない、様々の出来事を志《しる》したものである。

志怪小説は、また、伝奇物とも言い、唐代に入って大いに盛んになるのだが、唐より約三百年ほど前の東晋の時代に、その走りと言ってもよい『捜神記』という本が、干宝《かんぼう》によって編まれている。

次は、その『捜神記』の中から、主人のために死力を尽くした犬の話を読んでみよう。

李信純、家《ニ》養《ヒ》二一狗《ヲ》一、字《シテ》曰《フ》二黒竜《ト》一。愛《スルコト》レ之《ヲ》尤《もつとモ》甚《シ》。行坐相随《ヒ》、飲饌《せん》之間、皆分《カチテ》与《ニ》食《ス》。

李信純《りしんじゅん》、家《いえ》に一狗《いっく》を養《やしな》ひ、字《あざな》して黒竜《こくりゅう》と曰《い》ふ。之《これ》を愛《あい》すること尤《もっと》も甚《はなはだ》し。行《ぎょう》坐《ざ》相随《あいしたが》ひ、飲饌《いんせん》の間《かん》、皆分《みなわ》かちて与《とも》に食《しょく》す。

○行坐…動いているときと座っているとき。　○飲饌…飲食。

李信純は家に一匹の犬を飼っていて、名づけて黒竜と呼んでいた。信純のかわいがり方は一通りでなく、何をするにもその犬を引き連れ、飲食する時も、すべて分け与えて一緒に食べていた。

原文によると、李信純は三国時代の呉の孫権治世下の人であった。文字通り犬と寝食を共にする、たいへんな愛犬家だったようだ。

黒竜という犬の名は、その身体の色から名づけられたのだろうが、もともと黒竜とは全身の鱗が黒い竜のことで、驪竜《りりょう》とも言い、顎の下には珠が付いているという。そこから、「顎下《がっか》の珠《たま》」と言えば、危険を冒さないと手に入らない貴重なものをたとえて言う。

黒竜は光を苦手としていて、ふだんは真っ暗な海底に棲み、光のない新月の夜だけ、その姿を海上に現すという。そのイメージから、邪悪なものとみなされることが多いが、万物を木、火、土、金、水の五つの元素から説明する五行説では、水が、色では黒に、方角では北に対応していることから、水中に棲む黒竜を北の守り神とみなしている地域もあるという。

信純としては、自分の守り神という意味を込めて、そういう名前を犬に付けたのかもしれない。その黒竜を連れて出かけた信純に、思いがけない災難がふりかかってくる。

　忽《にはかニ》一日、於テ二城外一ニ飲ミテレ酒ヲ大イニ酔フ。帰ルモレ家ニ不レ及バ、臥ス二於
草中一ニ。遇《たまたま》太守鄭《てい》瑕《か》出猟シ、見二田ノ草ノ深キヲ一、遣ム二人ヲシテ縦チレ火ヲ
焼カレ之ヲ。信純臥ス処、恰《あたかモ》当ル二順風一ニ。

忽《にわか》に一日《いちじつ》、城外《じょうがい》に於《お》いて酒《さけ》を飲《の》みて大《おお》いに酔《よ》ふ。家《いえ》に帰《かえ》るも及《およ》ばず、草中《そうちゅう》に臥《ふ》す。遇《たまたま》、太守鄭瑕《たいしゅていか》出猟《しゅつりょう》し、田《でん》の草《くさ》の深《ふか》きを見《み》、人《ひと》をして火《ひ》を縦《はな》ち之《これ》を焼《や》かしむ。信純《しんじゅん》臥《ふ》す処《ところ》、恰《あたか》も順風《じゅんぷう》に当《あた》る。

○太守…郡の長官。　○田…狩猟地。　○順風…風下。

そんなある日のこと、信純は町の外で酒を飲み、大いに酔っ払ってしまった。家に帰ろうとしたが果たせず、途中の草むらの中に寝こんでしまった。たまたま、太守の鄭瑕が狩猟に出かけ、狩猟地の草が深く茂っているのを見て、部下に火を放って草を焼かせた。信純の寝ているところは、ちょうど風下にあたっていた。

「田」は、わが国では水田のことであるが、もともと区画された土地の象形文字で、田畑のほか、狩猟地の意味も含んでいる。ここではもちろん狩猟地のことだが、そこの草を焼くのは、見通しを良くするためと、草むらに隠れている獲物を追い立てるためである。

信純が酔いつぶれて草むらに寝込んでいたとき、折悪しく火が放たれてしまった。さあ、信純の運命やいかに。

犬見㆓火ノ来㆒ルヲ、乃チ以㆑テ口ヲ拽㆓ヒクモ信純ノ衣㆒ヲ、信純亦タ不㆑動カ。臥ス処、比《ちか》キニ有㆓リ一渓㆒、相去ルコト三五十歩ナリ。犬即チ奔リ往キテ入㆑リ水ニ、湿㆑ラセテ身ヲ走リテ来㆓リ臥ス処㆒ニ、周廻シテ以㆑テ身ヲ灑《そそ》ギ㆑之ニ、獲㆑タリ免㆓レシムルヲ主人ヲ大難㆒ヨリ。

犬《いぬ》火《ひ》の来《きた》るを見《み》、乃《すなわ》ち口《くち》を以《もつ》て信純《しんじゅん》の衣《ころも》を拽《ひ》くも、信純《しんじゅん》亦《ま》た動《うご》かず。臥《ふ》す処《ところ》、比《ちか》きに一渓《いつけい》有《あ》り、相去《あいさ》ること三《さん》、五十歩《ごじゅっぽ》なり。犬即《いぬすなわ》ち奔《はし》り往《ゆ》きて水《みず》に入《い》り、身《み》を湿《しめ》らせて走《はし》りて臥《ふ》す処《ところ》に来《きた》り、周廻《しゅうかい》して身《み》を以《もつ》て之《これ》に灑《そそ》ぎ、主人《しゅじん》を大難《たいなん》より免《まぬか》れしむるを獲《え》たり。

犬は火の手が迫って来るのを見て、慌てて口で信純の着物を引っ張るけれども、信純はまったく動かない。信純が寝ていた場所は近くに渓流があって、そこまで三十歩から五十歩ほどの距離であった。

犬はすぐに渓流に走って行って水に入り、体を水で濡らすと、また信純が眠り込んでいる場所に走って戻り、信純の周囲を回りながら、身体に付着している水をまわりの草にかけ、それを繰り返すことで、主人が焼死するのを防ぐことができた。

賢い犬の話はよくあるが、この黒竜の賢さはまさに犬離れしている。まず、火消し用の水を自分の体毛に含ませて運んだという点、もう一つは、信純に水を掛けるのではなく、周りの草に掛けて、火の手が信純に及ばないようにしたという点がすごい。

著者の干宝は、緊急事態における黒竜のこの適切な処置が、犬の知恵の及ぶ範囲を超えた、いわば超犬的な出来事だったので、この本に収録したのだろう。

さて、黒竜の奮闘で、主人の信純は事なきを得た。ところが、黒竜の身に異変が……。

犬運《ビテ》レ水《ヲ》困乏《シ》、致《ス》二斃《へいヲ》於側《かたはらニ》一。俄《にはかニシテ》而信純醒《メ》来《リ》、見二

犬ノ已ニ死シ、遍身ノ毛ノ湿レルヲ一、甚ダ訝シム二其ノ事ヲ一。覩《み》二火ノ蹤跡ヲ一、因リテ而慟哭ス。

（干宝『捜神記』）

犬水《いぬみず》を運《はこ》びて困乏《こんぼう》し、斃《へい》を側《かたわら》に致《いた》す。俄《にわか》にして信純《しんじゅん》醒《さ》め来《きた》り、犬《いぬ》の已《すで》に死《し》し、遍身《へんしん》の毛《け》の湿《しめ》れるを見《み》、甚《はなは》だ其《そ》の事《こと》を訝《あやし》む。火《ひ》の蹤跡《そうせき》を覩《み》、因《よ》りて慟哭《どうこく》す。

○斃…死に倒れること。　○蹤跡…物事のあった形跡。

犬は何度も水を運んだせいで疲れ果て、信純のそばに倒れて死んでしまった。やがて信純は目を覚まし、犬がすでに死んでいて、その全身の毛が濡れているのを見て、ひどく不審に思った。火の燃えた形跡を見て、それで事の一部始終がわかり、大声をあげて泣いた。

信純は、黒竜が身を以て自分を火から守ってくれたことに感謝するとともに、自分の不注意から黒竜を死なせてしまったことが悔やまれてならなかった。愛犬家の彼にとっては、まことに痛ましい出来事であったと言わなければならない。

原文では、このあと、この話が太守の耳に入り、犬の忠誠ぶりに感心した太守が、棺や帷子《かたびら》をそろえてやり、立派な葬式をしてやったとある。

著者の干宝は、この出来事より約百年後の人であるが、身命を惜しまず主人の危難を救った黒竜の忠誠ぶりを顕彰する「義犬の墓」が、当地の襄陽《じょうよう》郡紀南県（今の湖北省）に、著者の生きていた当時、まだ建っていたと、本文の末尾に記している。

教訓になる話

賄賂で失職

戦後最大の汚職事件といえば、一九七六年に明るみに出たロッキード事件だろう。アメリカの航空機製造の大手ロッキード社が、世界の多くの国の政財界を巻き込んで起こした大汚職事件で、わが国では、当時の田中角栄首相が五億円の賄賂を受け取った廉《かど》で逮捕されるという、前代未聞の事件に発展した。結局、田中氏はこの事件の責任を取って総理大臣の職を辞し、民主主義国家では最高の地位から陥落したのである。

このように、五億円という大金でさえ、それをもらっても結局は割に合わないものとなってしまったのだから、下っ端の役人のもらう数万円、数十万円の賄賂など、それで解雇されでもしたら、元も子もなくなることは言うまでもない。

政治の要諦を述べた唐代の名著『貞観政要《じょうがんせいよう》』（呉兢《ごきょう》著）の中で、名君の誉れ高い二代皇帝太宗は、役人の受け取る賄賂について、次のような感懐を述べている。

貞観二年、上謂《ヒテ》侍臣《ニ》曰《ハク》、「朕常《ニ》謂《ヘラク》、貪人《ハ》不《ル》解《セ》愛《スルヲ》財《ヲ》也《ト》。至《リテハ》如《キニ》内外《ノ》官五品以上《ノ》、禄秩優厚《ニシテ》、一年《ノ》所《ル》得、其《ノ》数自《ラ》多《シ》。若《シ》受《クルモ》人《ノ》財賄《ヲ》、不過《ギ》数万《ニ》。一朝彰露《スレバ》、禄秩削奪《セラル》。此《レ》豈《ニ》是《レ》解《スルナラン》愛《スルヲ》財物《ヲ》。規《はかりテ》小得《ヲ》而大失《スル》者也。

貞観二年《じょうがんにねん》、上侍臣《しょうじしん》に謂《い》ひて曰《い》はく、「朕常《ちんつね》に謂《い》へらく、貪人《たんじん》は財《ざい》を愛《あい》するを解《かい》せざるなり、と。内外《ないがい》の官五品以上《かんごひんいじょう》のごときに至《いた》りては、禄秩優厚《ろくちつゆうこう》にして、一年《いちねん》の得《う》る所《ところ》、其《そ》の数自《かずおのずか》ら多《おお》し。若《も》し人《ひと》の財賄《ざいわい》を受《う》くるも、数万《すうまん》に過《す》ぎず。一朝彰露《いっちょうしょうろ》すれば、禄秩削奪《ろくちつさくだつ》せらる。此《こ》れ豈《あ》に是《こ》れ財物《ざいぶつ》を愛《あい》するを解《かい》するならん。小得《しょうとく》を規《はか》りて大失《たいしつ》する者《もの》なり。

○禄秩…俸給。

貞観二年、太宗が臣下に言った、

「私がいつも言っていることだが、欲深い人間は財物をほしがることがどういうことなのか、よくわかっていない。

内官・外官の五品以上の官吏に至っては、その俸給はたいへん恵まれていて、一年間の所得は当然高額である。そういう役人がもし賄賂を受け取ったとしても、せいぜい数万に過ぎない。ところが、一たび発覚すれば俸給は削られたり取り上げられたりする。

これではどうして財物をほしがる意味が自分でわかっていると言えようか。こういう人間は、小さな利得をねらって大いに損失する者と言わなければならない。

今でも、公務員が取引業者から賄賂をもらって失職するケースが後を絶たない。役人にしてみれば、月給の何倍もの金品を示されたら、つい欲に目がくらんで受け取ってしまうのだろう。しかし、太宗も指摘しているように、まじめに勤めていたら、その後、手にしていたであろう何千万円もの収入を、わずかな賄賂のためにフイにしてしまうわけで、まったく損得勘定がわかっていないと言わなければならない。

太宗は、そのような割の合わないことをしている人と違って、真に「財を愛する者」の例として、次のような人物の話をする。

昔、公儀休性嗜ミテレ魚ヲ、而不レ受ケ二人ノ魚ヲ一、其ノ魚長ク存ス。

昔《むかし》、公儀《こうぎ》休《きゅう》性《せい》魚《うお》を嗜《この》みて、人《ひと》の魚《うお》を受《う》けず、其《そ》の魚長《うおなが》く存《そん》す。

昔、公儀休は魚が大好物だったが、人から贈られた魚は受け取らなかった。そのおかげで、彼の御膳から魚料理がなくなることはなかった。

公儀休は、『史記』の循吏列伝によると、戦国時代の魯の穆公《ぼくこう》（在位は前四一〇～前三七七年）に丞相として仕えた名臣である。この魚をめぐる話は『史記』にも記載されているが、それよりやや古い『韓非子』外儲説右下に詳細な記述があるので、そこから引用して紹介しよう。

公孫儀（公儀休のこと）は魯の国の大臣で、魚が好物だった。それで、国中の人たちは先を争って魚を買い求め、大臣に献上した。ところが、公孫儀は受け取らなかった。

彼の弟が諌めて言った、

「兄上は魚が大好きなのに、受け取らないのはどうしてですか」と。

公孫儀が答えて言った、

「そもそも、魚が大好きだからこそ受け取らなかったのだよ。もし魚を受け取れば、贈った人に対して遠慮する気持ちが生じて、何か問題が起こったときに、国の法を曲げてでも、その人に便宜を図ろうとするだろう。

国の法を曲げれば、大臣職を罷免されるのは目に見えている。失職すれば、もはや誰も私に魚を贈らなくなるだろうし、自分でも魚を買うお金に事欠くようになるだろう。だから、贈り物は受け取らないに越したことはないのだよ。受け取らなければ大臣職に留まっていられるし、大好物の魚を買うお金にも不自由しないで済むではないか」と。

韓非子は、この話のあとに、「人を恃《たの》むは、自ら恃むに如《し》かず」（人を当てにするより、自分自身を当てにした方がよい）という当時の諺を引用して、賄賂は所詮割に合わないものだとする公孫儀の考え方を称賛している。

なお、この公儀休の魚好きの話は、『淮南子』道応篇や、『韓詩外伝』巻三にも収められているところをみると、古来、官吏の賄賂を戒める教訓譚として、好んで取り上げられる話だったことがわかる。

さて、『貞観政要』の文章にもどろう。公儀休の話に触れたあと、太宗は次のように続ける。

且ツ為リテレ主ト貪ナレバ、必ズ喪ボシ二其ノ国ヲ一、為リテレ臣ト貪ナレバ、必ズ亡ボス二其ノ身ヲ一。詩ニ曰ハク、「大風有隧タリ、貪人敗ルトレ類ヲ。」固ニ非ザル二謬言ニ一也。

且《か》つ主《しゅ》と為《な》りて貪《たん》なれば、必《かなら》ず其《そ》の国《くに》を喪《ほろ》ぼし、臣《しん》と為《な》りて貪《たん》なれば、必《かなら》ず其《そ》の身《み》を亡《ほろ》ぼす。詩《し》に曰《い》はく、「大風有隧《たいふうゆうすい》たり、貪人類《たんじんるい》を敗《やぶ》る」と。固《まこと》に謬言《びゅうげん》に非《あら》ざるなり。

また、君主が貪欲であれば必ず国を滅ぼし、臣下が貪欲であれば必ず自分の身を滅ぼすことになる。『詩経』に、「大風が吹くとその爪痕を残し、欲深い人間は善人の係累をも滅ぼす」とあるが、まことにウソではない。

このように、太宗は『詩経』の中の大雅・桑柔篇にある詩句を引用し、人の貪欲さが必ずや身の破滅を招くものであることを述べ、その例として貪欲な君主と臣下のそれぞれの事例を挙げて説明する。

昔、秦ノ恵王欲スルモレ伐タントレ蜀ヲ、不レ知ラ二其ノ逕《みち》ヲ一。乃チ刻シ二五石牛ヲ一、置ク二金ヲ其ノ後ニ一。蜀人見テレ之ヲ、以為ヘラク牛能ク便ストレ金ヲ。蜀王使ムルニ二五丁ノ力士ヲシテ拖《ひ》キテレ牛ヲ入ラレ蜀ニ、道成ル。秦ノ師随ヒテ而伐ツレ之ヲ。蜀国遂ニ滅亡ス。漢末ノ大司農田延年、贓賄三千万、事覚《あらは》レテ自ラ死ス。

昔《むかし》、秦《しん》の恵王《けいおう》蜀《しょく》を伐《う》たんと欲するも、其《そ》の逕《みち》を知《し》らず。乃《すなわ》ち五石牛《ごせきぎゅう》を刻《こく》し、金《きん》を其《そ》の後《うしろ》に置《お》く。蜀人之《しょくひとこれ》を見《み》て、以為《おも》へらく、牛《うし》能《よ》く金《きん》を便《べん》すと。蜀王五《しょくおうご》丁《てい》の力士《りきし》をして牛《うし》を拖《ひ》きて蜀《しょく》に入《い》らしむるに、道成《みちな》る。秦《しん》の師随《ししたが》ひて之《これ》を伐《う》つ。蜀国遂《しょくこくつい》に滅亡《めつぼう》す。漢末《かんまつ》の大司農田延年《だいしのうでんえんねん》、贓賄三千万《ぞうわいさんぜんまん》、事覚《ことあらわ》れて自《みずか》ら死《し》す。

○五丁…五人。　○大司農…農政・銭穀をつかさどる長官。

昔、戦国時代の秦の恵王が蜀を討伐しようと思ったが、蜀に至る道がわからなかった。そこで五頭の石牛を作り、金を牛の尻にくっつけた。蜀の人たちはこれを見て、この石牛は金の糞をするのだと思った。そこで蜀の王様は、五人の力持ちにそれぞれ石牛を一頭ずつ引いて蜀まで運んで来させた。それがきっかけで蜀への道が開けた。秦の軍隊はその道から蜀に攻め込み、その結果、蜀は滅亡した。

また、漢末、大司農の田延年は三千万の賄賂をもらい、その事実が発覚して自殺した。

前者の、貪欲さゆえに国を滅ぼしてしまった蜀の王様の話は、北魏の酈道元《れきどうげん》が撰した『水経注』沔水注《べんすい》や、東晋の常璩《じょうきょ》によって編纂された『華陽国志』に見える。

また、後者の、貪欲さゆえに身を滅ぼした田延年は、前漢の第九代皇帝宣帝に仕えた高官で、その功績や自殺に至った経緯は、班固著『漢書』田延年伝に詳しい。

太宗はこれらの歴史的事例に触れた後、臣下たちに向かって次のような訓戒を述べて、この話を終える。


如《キ》レ此《ノ》之流、何《ゾ》可《ケン》二勝《ゲテ》記《ス》一。朕今以《テ》二蜀王《ヲ》一為《サン》二元亀《ト》一。

公等《モ》亦須《ラク》《シト》下以《テ》二延年《ヲ》一為《ス》中覆轍《ト》上。」


（呉兢『貞観政要』）


此《かく》のごときの流《りゅう》、何《なん》ぞ勝《あ》げて記《き》す可《べ》けん。朕今蜀王《ちんいましょくおう》を以《もっ》て元亀《げんき》と為《な》さん。

公等《こうら》も亦須《またすべか》らく延年《えんねん》を以《もっ》て覆轍《ふくてつ》と為《な》すべし」と。

○元亀…手本。　○覆轍…失敗の先例。

このような事例は、どうしてすべて記述することができようか、記述し尽くせないほど多い。私は今、蜀王のことを手本として自分を戒めよう。そなたたちも、延年のことを失敗の先例として自分の教訓にしなければならないぞ」と。

「袖の下を使う」とか、「鼻薬《はなぐすり》をかがせる」とかいった表現が巷間にあるように、賄賂は昔から役人とともにあったし、これからも役人がいる限り、無くなることはないだろう。だから、賄賂の根絶を目指すのではなく、賄賂の横行を少しでも減らす方策を考える方が現実的である。

その方策としては、太宗が臣下たちに訓示したように、損得勘定から推していって、賄賂は割に合わないものだと自覚させることが、最も効果的かもしれない。太宗の「貪人は財を愛するを解せず」(欲深い人間は、財物を大事にすることがよくわかっていない)という逆説めいた言葉は、賄賂の横行の歯止めとして、十分傾聴に値する。

子孫に財産は残さない

私の財産と言えば、ローンの支払いを終えた4LDKのマンションと、両親の死後、今は住む人も無く廃屋同然となっている鹿児島の生家ぐらいのもので、子孫に財産を残したくても残せないのが実情である。だから、財産のことで頭を悩ますことなど、所詮私には無縁のことのようだ。

さて、次の文章は、漢王朝に仕えた疏広《そこう》という人物の財産にまつわる話である。彼は皇太子の補佐役を最後に中央官庁から引退し、皇帝から多くの黄金をたまわって帰郷した。郷里では親戚や知人を招いて毎日酒宴を開き、せっかく下賜された黄金を徒《いたずら》に散じていた。広の子孫が、そういう彼の振る舞いを苦々しく思っていたのは言うまでもない。

居《ルコト》歳余、広《ノ》子孫窃《ひそかニ》謂《ヒテ》下其《ノ》昆弟老人《ノ》広《ガ》所《ノ》二愛

信《スル》者《ニ》曰《ハク》、「子孫幾《こひねがフ》及《ビテ》君《ノ》時《ニ》、頗《すこぶル》立《テンコトヲ》産業《ノ》基《き》阯《しヲ》。今日飲食《シ》、費《つひえ》且《まさニ》尽《キントス》。宜《シク》従《よリ》丈人《ノ》所《シト》、勧《メテ》説《キ》君《ニ》、買《ハシム》田宅《ヲ》」老人即《チ》以《テ》間暇《ノ》時《ヲ》為《ニ》広《ノ》言《フ》此《ノ》計《ヲ》。

居《お》ること歳余《さいよ》、広《こう》の子孫《しそん》窃《ひそか》に其《そ》の昆弟老人《こんていろうじん》の広《こう》が愛信《あいしん》する所《ところ》の者《もの》に謂《い》ひて曰《い》はく、「子孫君《しそんきみ》の時《とき》に及《およ》びて、頗《すこぶ》る産業《さんぎょう》の基阯《きし》を立《た》てんことを幾《こいねが》ふ。今日《こんにち》飲食《いんしょく》し、費且《ついえまさ》に尽《つ》きんとす。宜《よろ》しく丈人《じょうじん》の所《ところ》より、勧《すす》めて君《きみ》に説《と》き、田宅《でんたく》を買《か》はしむべし」と。老人即《ろうじんすなわ》ち間暇《かんか》の時《とき》を以《もっ》て広《こう》の為《ため》に此《こ》の計《けい》を言《い》ふ。

○昆弟…兄弟。　○産業基阯…一族の財産の基礎。　○丈人…老人を敬って呼ぶ語。

疏広が郷里に戻って一年余り経ったころ、広の子孫はひそかに、広の兄弟で、広が日ごろ目をかけて信頼している老人に頼みごとをして言った。

「私たち子孫は、父君に財産があるうちに、多少なりとも一族の財産の基礎を築いてもらいたいと願っています。しかし最近は毎日飲食ばかりして、その費用さえ尽きようとしています。どうかご老公から父君に説いて、田や屋敷を買うように勧めて下さい」

そこで、その老人は広の暇な時を見計らって、子孫の蓄財計画を伝えた。

皇帝からせっかく下賜された莫大な黄金を、その場限りの酒宴のために湯水のように浪費する広の乱脈ぶりに、彼の子孫が憤懣やる方ない思いを抱くのも無理からぬことである。子孫としては、もっと自分たちの将来のために使ってよ、と言いたくもなるだろう。

そういう不満が子孫たちにあるだろうということは、当の広も十分認識していたに違いない。それで、子孫の意を伝えにきた老人を相手に持論を開陳する。少し長い文章になるが、一気に彼の主張を見てみることにしよう。

広曰《ハク》、「吾豈《ニ》老《らう》悖《はいシテ》不《ラン》念《おもハ》子孫《ヲ》哉。顧《ミルニ》自《ラ》有《リ》旧田《でん》盧《ろ》、令《メバ》子孫《ヲシテ》勤力《セ》其《ノ》中《ニ》、足《ル》以《テ》共《シ》衣食《ニ》、与凡人斉《ひとシクスルニ》。今復《タ》増益《シテ》之《ヲ》以《テ》為《スハ》贏《えい》余《よヲ》、但《ダ》教《ムル》子孫《ヲシテ》怠惰《ナラ》耳。賢《ニシテ》

而多ケレバレ財、則チ損シ二其ノ志ヲ一、愚ニシテ而多ケレバレ財、則チ益ス二其ノ過《あやまち》ヲ一。且ツ夫レ富者《は》、衆人之怨也。吾既ニ亡《な》キモ三以テ教二化スルコト子孫ヲ一、不レ欲セ下益シテ二其ノ過ヲ一而生ズルヲ上レ怨ヲ。」

（『漢書』疏広伝・第七十一）

広曰《こうい》はく、「吾《われ》豈《あ》に老悖《ろうはい》して子孫《しそん》を念《おも》はざらんや。顧《かえり》みるに自《おのずか》ら旧田盧《きゅうでんろ》有《あ》り、子孫《しそん》をして其《そ》の中《うち》に勤力《きんりょく》せしめば、以《もっ》て衣食《いしょく》に共《きょう》し、凡人《ぼんじん》と斉《ひと》しくするに足《た》る。今《いま》復《ま》た之《これ》を増益《ぞうえき》して以《もっ》て贏余《えいよ》を為《な》すは、但《た》だ子孫《しそん》をして怠惰《たいだ》ならしむるのみ。賢《けん》にして財多《ざいおお》ければ、則《すなわ》ち其《そ》の志《こころざし》を損《そん》し、愚《ぐ》にして財多《ざいおお》ければ、則《すなわ》ち其《そ》の過《あやまち》を益《ま》す。且《か》つ夫《そ》れ富《とみ》は、衆人《しゅうじん》の怨《えん》なり。吾既《われすで》に以《もっ》て子孫《しそん》を教化《きょうか》すること亡《な》きも、其《そ》の過《あやまち》を益《ま》して怨《えん》を生《しょう》ずるを欲《ほっ》せず」と。

○老悖…おいぼれる。　○旧田盧…もとから所有している田畑や家屋。　○贏余…あまり。

広は次のように述べた。

「私はどうして老いぼれて子孫のことを考えないことがあろうか。思うに、私にはもとからの田畑や家屋があるのだから、子孫がそこで一生懸命働けば、人並みの生活を十分送っていけるはずなのだ。

それにもかかわらず、今また財産を増やして余分なものを付け足すのは、子孫を怠け者にするだけのことだ。賢くて財産が多いと、志を損なうことになり、愚かで財産が多いと、過失を増やすことになる。

しかも、そもそも富というものは、衆人の怨みの的になる。私はもう子孫を教え導くことはできないが、子孫の過失を増やして世間の怨みを生み出したくはない」

財産が多いと、賢い者は日々の生活に満足して、一旗挙げようという気など起こらず、愚か者はその財にまかせて悪事を働く。賢愚どちらにしても、財産があると碌なことはないので、自分は子孫に財産は残さない、というのである。

皇太子の補佐役まで務めただけあって、人間の心理を読み解く洞察力はさすがである。要するに、疏広は、物質的な財産は子孫のためにならず、ハングリー精神を発揮する余地を残してやることこそ、親の務めであると考えたのである。

ハングリー精神の大切さは、古来、あまたの人々が口にし、また、それによって成功を収めた例も歴史上たくさんある。

中国の古代に例を取れば、戦国時代の遊説家として有名な蘇秦がいる。彼は、若い頃はうだつが上がらず、兄弟や兄嫁、さらには妻にまで馬鹿にされる始末だった。

そこで一念発起して、当時流行《はやり》の遊説家になろうと決心し、君主の心理を読み取る術を身につけて諸国の君主を説いて廻り、ついに合従策（燕・斉・楚・趙・魏・韓の六国が縦に同盟を結んで、西の秦に対抗する戦略）を実現させた。

その蘇秦が、功成り名を遂げた後に、次のように述懐したという（『史記』蘇秦列伝）。

我をして雒陽《らくよう》負郭《ふかく》の田《でん》二頃《けい》有らしめば、豈《あ》に能《よ》く六国《りっこく》の相印《しょういん》を佩《お》びんや。

（私が洛陽近くの良田を二頃〔約三、六四ヘクタール〕ほど持っていたら、どうして六国の宰相を同時に兼ねる印綬を、腰に佩びることが出来たであろうか。）

これなどは、まさに疏広の言う「賢にして財多ければ、則ち其の志を損す」の裏返しで、蘇秦に財が無かったからこそ、彼は青史に名を列ねることができたのである。

財産のない私など、子孫に財産を残すべきか否かといった問題に頭を悩ませることはないので気楽だが、そうかといって、やはりどこか寂しい気がしないでもない。そういう人のために、『鶴林玉露《かくりんぎょくろ》』（南宋の羅大経《らたいけい》著）のなかの一節を紹介しよう。

巷間に、「たった方寸の地（一寸四方の土地）しか持たないが、それを子孫に残して耕させよう」という言葉がある。方寸の地とは、「心」のことで、それを子孫に残して耕させるとは、なかなか味わい深い表現である。

ある人が

「方寸の地とは、どのような土地なのでしょうか。そこもやはり治める方法というものがあるのでしょうか」

と訊くので、私は答えてやった。

「世間には、ほんのわずかな土地さえ持っていない人もいれば、都や町を股にかけて多くの土地を持っている人もいます。持てる者と持たざる者、貧しい者と裕福な者との間には、大きな格差があります。

ただこの方寸の地だけは、各人が平等に持っているものです。この方寸の地、つまり『心』は、それをうまく自分の影響下に置くことができれば、微細なことにまで考えを及ぼすことができます。それは、世界を包み込み、万物を備えるほどに大きく、限界もなく、形態もありません。その霊妙さは想像を絶するほどです。

ところが、せっかく霊妙な『心』を持っていながら、人々はそれを制御する力を発揮することができません。心をうまく制御する術を知らないのです」

羅大経の言うところは、不思議な力の宿る「心」は、誰もが平等に持ち合わせているが、人は自分でそれをコントロールする術を知らない。そこで親が子孫を教育し、「心」を豊かなものに育んでやることこそ、子孫にとって大きな財産になる、というのである。

子孫に残してやる財産は、田宅や金銭といった物質的なものではなく、豊かな心であるという羅大経の主張は、私のような貧乏人にすれば、「自分にも子孫に残せる財産があったのだ」と、改めて気づかせてくれると同時に、なんだかホッと救われたような気がする。

牛のことなら農民にきけ

今度は少し趣を変えて、絵画に関する評論文の一節を読んでみよう。出典は、北宋の絵画史家・郭若虚《かくじゃくきょ》の『図画見聞志《とがけんもんし》』である。

馬正恵嘗テ得タリ下闘ハス二水牛ヲ一一軸ヲ上。云ヒ二厲《れい》帰《き》真《しん》ノ画ナリト一、甚ダ愛スレ之ヲ。一日展《てん》二-曝《ばく》ス於書室ノ双《そう》扉《ひ》之外ニ一。有リ二輸《いた》スレ租ヲ荘賓一、適《たまた》マ立ツ二於砌《ぜい》下ニ一。凝《ぎよう》玩《がん》スルコト久レ之ヲ、既ニシテ而窃カニ哂《わら》フ。

馬正恵《ばせいけい》嘗《かつ》て水牛《すいぎゅう》を闘《たたか》はす一軸《いちじく》を得《え》たり。厲帰真《れいきしん》の画《が》なりと云《い》ひ、甚《はなは》だ之《これ》を愛《あい》す。一日書室《いちじつしょしつ》の双扉《そうひ》の外《そと》に展曝《てんばく》す。租《そ》を輸《いた》す荘賓《そうひんあ》有り、適《たま》ま砌下《ぜいか》に立《た》つ。凝玩《ぎょうがん》すること之《これ》を久《ひさ》しうし、既《すで》にして窃《ひそ》かに哂《わら》ふ。

○展曝…虫干しをする。○輸租…年貢を納める。○荘賓…小作人。○砌…石段。

馬正恵は、以前、水牛を闘わせる絵を一軸手に入れたことがあった。厲帰真の真筆だと言って、たいそう大事にしていた。ある日、書斎の扉の外に広げて虫干しをしていると、年貢を納めに来た小作人がいて、たまたま扉の外にある石段の下に佇《たたず》んだ。しばらくじっと闘牛の絵を眺めていたが、やがてこそっと笑った。

馬正恵は北宋の人で、軍人でありながら学問や芸術を好んだという。その彼が所蔵していた一枚の絵をめぐって、話が展開して行く。たまたま年貢を納めに来た小作農が、厲帰真の描いた絵を見て含み笑いをした。厲帰真は、五代から北宋にかけての道士で、牛や虎など動物の絵を得意とした画家である。自分のコレクションをバカにされたと思った馬正恵は、もちろん心中穏やかではいられない。

公於《テ》二青《せい》瑣《さノ》間《ニ》一見《ル》レ之《ヲ》、呼《ビテ》問《ヒテ》曰《ハク》「吾《ガ》蔵《セル》画農夫安《クンゾ》得《ンヤ》二観《テ》而笑《フヲ》レ之《ヲ》。有《ラバ》レ説則《チ》可、無《クンバ》レ説則《チ》罪《セント》レ之《ヲ》。」

公青瑣《こうせいさ》の間《かん》に於《おい》て之《これ》を見《み》、呼《よ》びて問《と》ひて曰《い》はく、「吾《わ》が蔵《ぞう》せる画農夫《がのうふ》安《いず》くんぞ観《み》て之《これ》を笑《わら》ふを得《え》んや。説《せつ》有《あ》らば則《すなわ》ち可《か》、説《せつ》無《な》くんば則《すなわ》ち之《これ》を罪《つみ》せん」と。

○青瑣…窓。

馬公は窓辺でその様子を認めて、小作人を呼びつけて、問い質《ただ》して言った、「私が所蔵している絵を、農夫の分際で、どうして見てあざ笑うことなどできようか。申し開きができればよいが、できなければ笑ったかどで罰するぞ」と。

馬公は、芸術作品には無縁の一介の農夫から自分の愛蔵している絵を嗤われたことが、自尊心を傷つけられたみたいで、我慢ならなかったようだ。では、小作人はどういう言い訳をしたのだろうか。

荘賓曰《ク》、「某非《ズ》二知《ル》レ画《ヲ》者《ニ》一、但《たダ》識《しル》二真《ノミ》牛《ヲ》一。其《ノ》闘《フ》也尾《ハ》夾《はさミ》二於髀《ひ》間《かんニ》一、雖《モ》二壮夫《ノ》旅力《ト》一、不レ可《カラ》二少《いささカモ》開《ク》一。此《ノ》画《ノ》牛尾挙起《ス》、所三以《ナリト》笑《ヒシ》二其《ノ》失《セルヲ》レ真《ヲ》。」

荘賓《そうひん》曰《い》はく、「某《それがし》画《が》を知る者《もの》に非《あら》ず、但《た》だ真牛《しんぎゅう》を識《し》るのみ。其《そ》の闘《たたか》ふや尾《お》は髀間《ひかん》に夾《はさ》み、壮夫《そうふ》の旅力《りょりょく》と雖《いえど》も、少《いささ》かも開《ひら》くべからず。此《こ》の画《が》の牛尾挙起《ぎゅうびきょき》す、其《そ》の真《しん》を失《しっ》せるを笑《わら》ひし所以《ゆえん》なり」と。

○髀…太もも。　○旅力…体力。

小作人は答えて言った、

「私は絵のことがわかるわけではありません。ただ本物の牛を知っているだけです。

牛が闘っている時は、尾は太ももの間に挟み、たとえ勇壮な男の体力であっても、少しも太ももを開くことはできません。ところが、この絵の牛の尾ときたら、ぴんと立っています。それで、この絵は真実味がないと思って笑ったのです」と。

さすがは、牛に毎日接している農夫だけあって、牛に対する観察眼には鋭いものがある。わが国で言う「山のことは樵夫《きこり》に問え」といったところか。

筆者は、この例え話から次のような教訓を導き出している。

愚謂《ヘラク》、「雖《モ》二画者《ノ》能之妙《ト》一、不《ル》レ及《バ》二農夫《ノ》見之専《もつぱら》《ナルニ》一也。擅《ほしいまま》《ニスル》レ芸《ヲ》者《ノ》所《ナリト》レ宜《シク》《キ》二博究《ス》二。」

（郭若虚『図画見聞志』）

愚《ぐ》謂《おも》へらく、「画者《がしゃ》の能《のう》の妙《みょう》と雖《いえど》も、農夫《のうふ》の見《けん》の専《もっぱら》なるに及《およ》ばざるなり。芸《げい》を擅《ほしいまま》にする者《もの》の宜《よろ》しく博究《はくきゅう》すべき所《ところ》なり」と。

○愚…筆者が自分のことを謙遜して言う語。

私は次のように思う、

「いくら優れた才能を持った画家であっても、牛のことについては、その方面のことを専門とする農夫の知見には及ばないものだ。だから、技芸に携わる者は、自分の扱おうとする対象については、広く知り、深く究めるのがよいのである」と。

才能ある画家の描いた絵が、絵画とは全く無縁な一農夫から失笑を買ったという事例を取り上げ、画家にとって、対象をよく研究・観察することがいかに大切かを述べた文章であるが、ことは絵を描く際の教訓にとどまらず、学術・芸能一般に共通して言えることである。

松尾芭蕉は俳句を作るときの心構えとして、「松のことは松に習え、竹のことは竹に習え」（服部土芳著『三冊子《さんぞうし》』）と言ったという。私意を離れて対象に直接向き合い、よく観察することで、はじめて対象の本質が見えてくることを言ったものである。

このように、学術・芸能に携わる者は、自分の知恵や想像力の及ぶ範囲にはおのずと限界があることをしっかり認識し、対象そのものを深く研究・観察したり、その道の専門家の見解に謙虚に耳を傾けたりすることが大切であることを肝に銘じておくべきだろう。

なお、蘇軾《そしょく》の『東坡志林《とうばしりん》』にある「戴嵩《たいすう》の画牛に書す」という文章も、ほとんど同じ内容であるが、牛を描いた画家は、厲帰真ではなく唐代の戴嵩で、絵を見て笑ったのは、農夫ではなく牧童になっている。

そして、文の最後で、「耕作のことは作男にきくのがよく、織り物のことは婢《はしため》にきくのがよい」という昔の言葉を引用して、無学な者であっても、その道に詳しいなら、教えを請うべきだ、という教訓で結んでいる。

大岡裁きの中国版

中国に、「路に遺《お》ちたるを拾わず」という言葉がある。道に落ちている物があっても、拾って自分の物にするようなことはしないという意味で、人の物を盗む者もなく、世の中がよく治まっている状態をたとえて言う。『史記』の商君列伝に初出する言葉で、その後、治安のよい状態を表現するときによく用いられるようになった。

予備校の授業でこの言葉が出てきた時、ある生徒が、

「じゃあ、道に落とし物があったら、拾わずに、どうするんですか」

と質問してきた。私は一瞬答えに窮したが、すぐに態勢を立て直して次のように答えた。

「落とし物はそのままにして、通り過ぎるんだ。君も財布を落としたことに気づいたら、きっと捜しながらもと来た道を引き返すだろう？　だから、そのままほっとけばいいんだ」

今では落とし物があれば交番に届けるが、そういう機構が整っていなかった昔は、拾う

か、そのままにしておくかしかなかった。しかし、拾えば他人の物を自分の物にしたことになり、盗みと同じ行為になってしまうわけだ。落とし物を拾う人がいなかったというのは、なにも不親切な人ばかりだったというのではなく、不心得者がいなかったということなのだ。

さて、次はその落とし物をめぐる話で、元末から明初にかけて生きた文人、陶宗儀《とうそうぎ》の『南村輟耕録《なんそんてつこうろく》』にある話である。

有《リ》㆓村人《ノ》早《つとニ》出《デテ》売《ル》㆑菜《ヲ》、拾㆓‐得《シ》遺鈔十五錠《ヲ》㆒、帰《リテ》以《テ》奉《ズ》㆑母《ニ》。母怒《リテ》曰《ハク》、「得《ン》㆑非《ザルヲ》㆓盗《ミ》来《タリテ》而欺《クニ》㆑我《ヲ》乎。縦《ヒ》有《リトモ》㆓遺失㆒、亦《タ》不《ル》㆑過《ギ》㆓三両張《ニ》㆒耳。寧《クンゾ》有《ラン》㆓一束之理㆒。況《ンヤ》我《ガ》家未《ダ》㆓嘗《テ》有《ラ》㆑此《レ》、立当《たちどころニ》禍至《ラン》。可《シト》㆓急《ギ》速《ヤカニ》送還《ス》㆒」。

村人《むらびと》の早《つと》に出《い》でて菜《さい》を売《う》る有《あ》り、遺鈔十《いしょうじゅう》五錠《ごじょう》を拾得《しゅうとく》し、帰《かえ》りて以《もっ》て母《はは》に奉《ほう》ず。母怒《ははいか》りて曰《い》はく、「盗《ぬす》み来《き》たりて我《われ》を欺《あざむ》くに非《あら》ざるを得《え》んや。縦《たと》ひ遺失《いしつ》有《あ》りとも、亦《ま》た三両張《さんりょうちょう》に過《す》ぎざるのみ。寧《いず》くんぞ一束《いっそく》の理《り》有《あ》らん。況《いわ》んや我《わ》が家未《いえいま》だ嘗《かつ》て此《こ》れ有《あ》らず、立当《たちどころ》に禍《わざわ》い至《いた》らん。急《いそ》ぎ速《すみ》やかに送還《そうかん》すべし」と。

○鈔…紙幣の一種。　○錠…お金の単位。　○三両張…二、三枚。

ある村人が、朝早く野菜を売りに出て、十五錠ものまとまった紙幣を拾い、帰って母に渡した。母は怒って言った、

「盗んできたお金を、拾ったお金だと言って私を騙すのではないだろうね。たとえ落ちていたとしても、ふつうなら、ほんの二三枚のお札に過ぎないはずだ。どうして一束まとまって落ちているなんてことがあろうか。まして、我が家には今までこんな大金などあったことはない。たちどころに災いがやってくるだろう。すぐに返しなさい」と。

息子が大金を拾ってきたことに驚いた母親は、喜ぶどころか、むしろ悪いことばかり考えてしまう。ふだん目にしたこともない大金だから無理もない。そして、不吉だからすぐ

に返してくるように息子に命じるのであった。

言《フコト》レ之《ヲ》再《ビナルモ》、子弗《ず》レ従《ハ》。母曰《ハク》、「必《ズ》如《クセバ》レ是《ノ》、我須《ラク》《シト》レ訴《フ》二之《ヲ》官《ニ》一。」子曰《ハク》、「拾得《セシ》之物、送二－還《セント》何人《ニカ》一。」母曰《ハク》、「但《ダ》於《イテ》二元拾《ヒシ》処《ニ》一俟《し》候《セバ》、定《メテ》有《ラント》二失主《ノ》来《タル》一矣」。

之《これ》を言《い》ふこと再《ふたた》びなるも、子従《こしたが》はず。母曰《ははい》はく、「必《かなら》ず是《かく》のごとくせば、我《われ》須《すべか》らく之《これ》を官《かん》に訴《うった》ふべし」と。子曰《こい》はく、「拾得《しゅうとく》せしの物《もの》、何人《なんびと》にか送還《そうかん》せん」と。母曰《ははい》はく、「但《た》だ元拾《もとひろ》ひし処《ところ》に於《お》いて俟候《しこう》せば、定《さだ》めて失主《しつしゅ》の来《き》たる有《あ》らん」と。

○俟候…待つ。

母は繰り返し意見したが、息子は従わなかった。母は困り果てて、

「どうしても言うことを聞かないのなら、このことをお役所に訴えなければなるまいね」

と、少し脅かし気味に言うと、息子は、

「拾ったものを、誰に返せましょう」

と文句を言いつつも、少し態度を軟化させてきたので、母はすかさず、

「ただ最初に拾った所で待っておりさえすれば、きっと落とし主が捜しに来るはずだよ」

と教えてやった。

たしかに息子の言うとおり、拾ったものは持ち主が分からない以上、返還しようもない。だが、母はダテに年を取ってはいない。持ち主は落としたことに気づけば、きっと捜しにもどって来るはずだと考えた。予備校で私が質問を受けた際の答えとまさに同じである。

子遂《ニ》依《リ》レ命《ニ》携《ヘテ》往《ク》。頃間、果《タシテ》見《ル》二尋《ヌル》レ鈔《ヲ》者《ヲ》一。村人本朴質《ニシテ》、竟《ニ》不レ詰《とハ》二其《ノ》数《ヲ》一、便《すなはチ》以《テ》付還《ス》。傍観之人、皆令《メントス》二分取《シ》為《サ》レ賞《ヲ》。失主斬《をシミテ》曰《ハク》、「我元三十錠《アルニ》、今纔《わづカニ》一半《ノミ》。

安クンゾ可レケンヤト賞レス之ヲ」。争《さう》闘《だう》シテ不レ已《や》マ、相持シテ至ル二庁事ノ下ニ一。

子遂《こつい》に命《めい》に依《よ》り携《たずさ》へて往《ゆ》く。頃間《けいかん》、果《は》たして鈔《しょう》を尋《たず》ぬる者《もの》を見《み》る。村人本朴《むらびともとぼく》質《しつ》にして、竟《つい》に其《そ》の数《かず》を詰《と》はず、便《すなは》ち以《もつ》て付還《ふかん》す。傍観《ぼうかん》の人《ひと》、皆分取《みなぶんしゅ》し賞《しょう》を為《な》さしめんとす。失主《しつしゅ》斬《を》しみて曰《い》はく、「我元三十錠《われもとさんじゅうじょう》あるに、今纔《いまわづ》かに一半《いっぱん》のみ。安《いず》くんぞ之《これ》を賞《しょう》すべけんや」と。争闘《そうどう》して已《や》まず、相持《あいじ》して庁事《ちょうじ》の下《もと》に至《いた》る。

○頃間…しばらくして。　○争闘…口論する。　○相持…互いに自説を言い張る。

こうして、息子は母親から言われたとおりにお金を持って、拾った場所まで引き返した。しばらくすると、案の定、お金を探している者に出会った。村人はもともと純朴な性格で、結局落としたお金の額を尋ねず、すぐにお金を返してやった。そばで見ていた人たちは皆、落とし主に対して、村人にお金を分けて褒美を与えるように勧めた。落とし主は、お金を分け与えるのを惜しんで言った、

「私は最初三十錠持っていたのに、今わずかに半分しかない。どうして褒美を与えるなんてことができようか」と。

まるで半分抜き取られたかのような言い草に、村人と口論になり、いつまでもやまなかった。とうとう二人は、互いに自分の主張を譲らないまま、役所までやってきた。

落とし主がいい人だとは限らない。喉もと過ぎれば熱さ忘れるで、大金を落としたときは、事の重大さに愕然としたものの、いざお金が返ってくるとホッと安心して、拾ってくれた人への感謝の念も一時的なもので、褒美のことが取り沙汰され出すと、損得勘定が先に立ってしまう。

拾った村人は、自分から落とし主に褒美を要求したわけではなく、欲しいとも思わなかったかもしれないが、拾って返してやった恩を仇で返されたような気がして、喧嘩になったのである。

聶《でふ》以《い》道《だう》推二問《スルニ》村人《ヲ》一、其《ノ》辞実《ナリ》。又《タ》暗《ひそカニ》喚《よビ》二其《ノ》母《ヲ》一審《ラカニスルニ》レ

之ヲ、合セリ。乃チ俾シム二人ヲシテ各ミ具セ失ヒシ者ハ実ニ三十錠、得シ者ハ実ニ十五錠ト。

聶《じょう》以《い》道《どう》村人《むらびと》を推問《すいもん》するに、其《そ》の辞《じ》実《まこと》なり。又《ま》た暗《ひそ》かに其《そ》の母《はは》を喚《よ》び之《これ》を審《つまび》らかにするに、合《がっ》せり。乃《すなわ》ち二人《ににん》をして各々《おのおの》失《うしな》ひし者《もの》は実《まこと》に三十錠《さんじゅうじょう》、得《え》し者《もの》は実《まこと》に十五錠《じゅうごじょう》と具《ぐ》せしむ。

○聶以道…元代の江右(今の江西省の一帯)を治めていた長官の名。 ○具…供述書を作る。

長官の聶以道が村人を取り調べてみると、その語る言葉は事実のように思われた。また、ひそかにその母を呼んで、事実関係を明らかにしたところ、母子の話は一致していた。そこで、争っていた二人に、落としたお金は本当に三十錠、拾ったお金は本当に十五錠だったと、それぞれ供述書を作らせた。

長官の聶以道は、母子の正直さと、落とし主の狡猾さを素早く見抜き、判決を下す前の下準備をする。それが供述書の作成である。ずるがしこい落とし主は、その供述書が命取りになろうとは、夢にも思わなかったに違いない。

然《ル》後却《ツテ》謂《ヒテ》失主《ニ》曰《ハク》「此《レ》非《ズ》汝《ノ》鈔《ニ》。必《ズ》天賜《ヒ》賢母《ニ》、以《テ》養《ハシムル》老《ヲ》者《ナラン》。若《シ》三十錠《アラバ》、則《チ》汝《ノ》鈔也。可《シト》自《ラ》別《ニ》尋《ネ》去《ク》。」遂《ニ》給付《ス》母子《ニ》。聞《ク》者称《ス》快《ト》。

（陶宗儀『南村輟耕録』）

然《しか》る後《のち》却《かえ》つて失主《しっしゅ》に謂《い》ひて曰《い》はく、「此《こ》れ汝《なんじ》の鈔《しょう》に非《あら》ず。必《かなら》ず天賢母《てんけんぼ》に賜《たま》ひ、以《もっ》て老《ろう》を養《やしな》はしむる者《もの》ならん。若《も》し三十錠《さんじゅうじょう》あらば、則《すなわ》ち汝《なんじ》の鈔《しょう》なり。自《みずか》ら別《べつ》に尋《たず》ね去《ゆ》くべし」と。遂《つい》に母子《ぼし》に給付《きゅうふ》す。聞《き》く者快《ものかい》と称《しょう》す。

その後で、長官は、やおら落とし主に対して言った、

「これは、お前が落としたお金ではない。きっと天が賢母にくださり、これで老いを養わせようとしたお金であろう。もし三十錠のお金が見つかれば、それがお前のお金である。自分で他に探しに行くがよい」と。

こうして、十五錠のお金は母子に与えられた。これを聞いた人たちは、すばらしい裁きだと称賛した。

この遺金は正直者の母子に天がくださったものだとする聶以道の粋な計らいで、この一件は落着した。正直者がバカを見るのではなく、正直者が得をした裁きに、時の人々は拍手喝采した。名裁判官の面目躍如といったところである。

大学入試出題校一覧

〈頓知の利いた話〉
象の重さを量るには？　第一話　愛知大
　　　　　　　　　　　第二話　センター試験
馬の母子の見分け方　龍谷大
太陽までの距離　第一話　大阪市立大
処刑を免れた言い訳　三重大
〈笑い話〉
子供の名前は「お坊さま」　金沢大
地獄の沙汰も……　山梨大
皆で落ちれば臭くない　新潟大
間の抜けた献策　埼玉大
〈不思議な話〉
ウナギがしゃべった　新潟大
田舎役人の名返答　東京大
馬と布団の知らせ　上智大
鳥の言葉がわかる　北海道大
〈盗みにまつわる話〉
盗人を見分ける名人　立命館大
「盗み」の意味の取り違え　山口大
牛泥棒の悔恨　センター試験
敵軍を退散させた泥棒　徳島大
〈感動する話〉
弓の名人　北海道大
我が心は石にあらず　熊本大
中国の「おしん」　大阪教育大
忠犬悲話　信州大
〈教訓になる話〉
賄賂で失職　防衛大
子孫に財産は残さない　福井大
牛のことなら農民にきけ　山口大
大岡裁きの中国版　大阪教育大

訓読のきまり

○返り点…漢字の読む順序を示す記号。次のようなものがある。
「レ」点…すぐ下の漢字を先に読んでから返って読む。

「一・二」点…二字以上離れている漢字に返って読むときの記号で、一↓二↓三…の順に遡って読んでいく。

「上・下」点、「上・中・下」点…「一・二」点を中に挟み込む形で上の漢字に返って読むときの記号。上↓下、上↓中↓下の順に遡って読んでいく。

「甲・乙・丙・丁」点…「一・二」点、「上・下」点を中に挟み込む形で、さらに上の漢字に返って読むときの記号。甲↓乙↓丙↓丁の順に遡って読んでいく。

「レ」点、「上レ」点、「甲レ」点…各記号のはじまりの記号に「レ」点が付いた形で、はじまりの記号より「レ」点のほうが優先するので、下の漢字から先に読み、後は「一・二」点、「上・下」点、「甲・乙・丙・丁」点等の記号に従って、順次遡って読んで行く。

⑨⑧③①②⑤④⑦⑥
〈例文〉不レ若カ下移シテ二養蚕ヲ一在ラシメレ冬ニ為スニレ便ト。

〈訓読〉養蚕を移して冬に在らしめ便と為すに若かず。（訳は七八ページ参照）

○再読文字…二度読む文字。返り点は二度目の読み順を示しているので、一度目は返り点に関係なくすぐに読む。再読文字には次のようなものがある。

「未」（いまだ～ず）　「当」（まさに～べし）　「応」（まさに～べし）
「将」（まさに～んとす）　「且」（まさに～んとす）　「須」（すべからく～べし）
「宜」（よろしく～べし）　「猶」（なほ～のごとし）　「盍」（なんぞ～ざる）

〈例文〉
①公 ②等《モ》 ③亦 ④須《ラク》《シ》下 ⑪ ⑦以《テ》二 ⑤延 ⑥年《ヲ》一 ⑩為《ス》中 ⑧復 ⑨轍《ト》上。

〈訓読〉公等も亦須らく延年を以て復轍と為すべし。（訳は二一九ページ参照）

○置き字…文中や文末にあって、訓読の際は読まない文字。前置詞の働きをする「於・于・乎」、接続語の働きをする「而」、断定や推量の働きをする「矣・焉」などがある。

[著者略歴]

諏訪原　研（すわはら　けん）
1954年，鹿児島県に生まれる。
大阪大学文学部卒業。
現在，河合塾および壺溪塾講師。福岡市在住。
著書—『ちょっと気の利いた漢文こばなし集』（大修館書店，1999），
『十二支の四字熟語』（大修館書店，2005），
『四字熟語で読む論語』（大修館書店，2008），
『漢語の語源ものがたり』（平凡社新書，2002）。

漢文《かんぶん》とっておきの話《はなし》

NDC827/viii, 247p/19cm

初版第1刷———2012年2月20日

著者———諏訪原《すわはら》 研《けん》
発行者———鈴木一行
発行所———株式会社大修館書店
〒113-8541　東京都文京区湯島2-1-1
電話03-3868-2651（販売部）03-3868-2290（編集部）
振替00190-7-40504
[出版情報] http://www.taishukan.co.jp

装丁者———杉原瑞枝
印刷所———壮光舎印刷
製本所———三水舎

ISBN978-4-469-23267-7　Printed in Japan